Arena-Taschenbuch
Band 2803

Harald Parigger,
geboren 1953, arbeitete als Gymnasiallehrer
und ist seit 1994 freier Autor.
Neben historischen Erzählungen für junge und
erwachsene Leser schreibt er Theaterstücke, Lyrik
und Geschichten für Kinder.

Harald Parigger

Der Safranmord

Ein Fall für Lorenz

Arena

In neuer Rechtschreibung

1. Auflage als Arena-Taschenbuch 2002
Lizenzausgabe des Verlags Heinrich Ellermann, Hamburg

Umschlagillustration: Christine Bietz
Umschlagtypografie: Agentur Hummel + Lang
Gesamtherstellung: Westermann Druck Zwickau GmbH
ISSN 0518-4002
ISBN 3-401-02803-0

So schnell wir konnten, rannten wir über den Hof. Eine Schar Hühner stob gackernd auseinander, ein Ziegenpärchen ergriff die Flucht, als wir an ihnen vorbei zum Pferdestall stürmten.

Mit fliegenden Fingern sattelten wir unsere alte Stute und warfen ihr unser spärliches Gepäck über. Wie üblich in kitzligen Situationen konnten wir uns nicht einigen, wer sie besteigen durfte, wie üblich schwang sich also einer von rechts und einer von links auf ihren Rücken, und wie üblich zog ich gegen meinen Gefährten den Kürzeren, prallte gegen seine Leibesfülle und flog unsanft in den Dreck.

Als ich mich stöhnend aufgerappelt hatte, trabte er schon in Richtung Burgtor, und da tat er gut daran, denn schon kam einer der Knechte aus dem Palas hinter uns her, in der Hand einen Reisigbesen, mit dem er drohend fuchtelte.

Ich vergaß meinen schmerzenden Hintern und machte, dass ich wegkam. Am Tor wartete mein Gefährte schon auf mich, er wetzte im Sattel hin und her, schaute angstvoll nach hinten und brüllte: »Wo bleibst du? Es ist noch zu! Mach auf, los! Oder willst du an meinem Verderben schuld sein?«

Dabei wimmerte er und rieb sich seinen verlängerten Rücken, als ob sich das Prügelgewitter schon auf ihm entladen hätte. Lange würde es auch nicht mehr dauern, denn schon hörten wir das Johlen und Schreien der Dienstboten, die uns verfolgten.

Ich sah mir das Tor an. Es war eins von diesen doppelflügeligen, durch zwei Querbalken gesichert, die durch mächtige, eiserne Krampen liefen. Das war etwas für einen kräftigen Mann, entschied ich, nicht für einen schlecht ernährten Jungen wie mich.

»Mach es selber!«, rief ich deshalb. »Bis gleich!« Ich schlüpfte aus meinen Schuhen und warf sie über die Mauer, und während er zeternd und jammernd vom Pferd rutschte, kletterte ich mit Hilfe der Balken, der Angeln und der Ritzen zwischen den Bohlen am Tor hinauf, schwang mich über die Mauerkrone und ließ mich auf der anderen Seite wieder herunter – dergleichen ist für mich eine Kleinigkeit.

Draußen lauschte ich, an die Mauer gepresst, wie er ächzend die Balken zurückschob. Würde er es schaffen, bevor das Gewitter losbrach? Ich drückte ihm die Daumen – schließlich war er mein Gefährte.

Ja, er schaffte es! Das Tor ging auf, er schob sich, das Pferd mit sich zerrend, heraus. Zwei-, dreimal war ein klatschendes Geräusch zu hören, aber dann war er draußen. Und, oh Wunder, niemand schien ihn mehr zu verfolgen, denn das Tor flog krachend hinter ihm zu.

Ich wollte gerade erleichtert aufatmen, da blickte ich zufällig nach oben. Ein Gefäß kam über die Mauer gesegelt. Mit einem Satz brachte ich mich in Sicherheit, doch für eine Warnung war es zu spät. Das Gefäß zerschellte am Boden, nicht ohne vorher seinen Inhalt über Pferd und Reiter zu ergießen.

Nun, wenn etwas über die Mauer einer Burg kommt, dann handelt es sich selten um siedendes Pech oder brennenden Schwefel. Es war also kein Wunder, dass mein Gefährte, als er die Flüssigkeit spürte, einen Entsetzensschrei ausstieß, sich mit einem gewaltigen Sprung auf den Pferderücken beförderte und dem armen Tier dermaßen die Absätze in die Flanken stieß, dass es wie von einem Wespenschwarm verfolgt den Burgweg hinunter und in die Ebene preschte.

Ich warf noch einen prüfenden Blick auf das Tor, aber es blieb geschlossen. Also zog ich meine Schuhe wieder an und schlenderte dann in aller Gemütlichkeit hinterher. Ich wusste, dass der Höllenritt nicht allzu lang dauern würde. Kein Wespenschwarm und kein Absatz kann unsere Stute lang anspornen, weil ihr nämlich spätestens nach einer Viertelmeile die Luft ausgeht. Und wirklich, bald fiel sie erst in gemächlichen Trab, dann in Schritt, dann stand sie wie ein Fels, und so stand sie immer noch, als ich sie einholte.

Mein Gefährte empfing mich mit Vorwürfen. »Wie konntest du!«, lamentierte er. »Wie konntest du mich so im Stich lassen, mich, deinen väterlichen Freund, der sein Leben für dich hingeben und sein letztes Brot mit dir teilen würde!«

»Dein Leben, das brauch ich jetzt nicht«, entgegnete ich sanft, »aber das Brot, das kommt mir gerade recht!«

»Teilen würde«, schnaubte er, »ich habe gesagt *würde!*« Das Wort rief ihm in Erinnerung, was er hatte erdulden müssen, und sein Zorn verwandelte sich in Selbstmitleid.

»Meine Würde, mein Stolz, meine Ehre«, jammerte er, »sie sind vernichtet! Man hat meine Kunst missachtet, mich gedemütigt, geschlagen, mit siedendem Öl begossen . . .« Er kratzte sich den Buckel. »Noch jetzt juckt und brennt meine Haut wie Feuer . . .«

»Ich glaube nicht, dass es sich um siedendes Öl gehandelt hat«, unterbrach ich ihn freundlich. »Wenn du mal schnuppern würdest . . . «

Vorsichtig sog er die Luft in sein Riechorgan.

»Es stinkt«, bemerkte er dann treffend. »Was ist das?«

»Was es ist, steht fest«, erklärte ich. »Es fragt sich nur, von wem es ist. Nicht vom Hausherrn, so viel ist klar. Der hat vor meinen Augen in den Kamin gepinkelt. Vielleicht von seinem Töchterlein, zum Dank für die Aufmerksamkeit, die du ihm geschenkt hast? Nein, nein, auch nicht, dafür riecht es zu stark. Es scheint mir doch eher von einem Pferd zu stammen.«

Seine Augen waren größer und größer geworden, sein Gesicht war zu einer Maske des Entsetzens erstarrt. »Du willst sagen«, keuchte er, »dass man mich, Philipp von Mahlau, mit Pferdepisse übergossen hat?«

»Genau«, sagte ich ungerührt, »und deshalb sollten wir uns jetzt schleunigst ein schönes Plätzchen zum Baden suchen.«

Ich strebte hinunter zu dem kleinen Fluss, der nicht weit vom Weg entfernt plätscherte, und hatte bald eine geeignete Stelle gefunden, bewachsen mit einem Teppich aus Klee und umgeben von einer dichten Hecke aus Hollerbüschen und Schlehdorn.

Mit ungewohnter Hast war mir mein Gefährte gefolgt, hatte die Stute an einen Ast gebunden und begann sich mit spitzen Fingern aus seinen Kleidern zu schälen.

Ich hatte es nicht weniger eilig als er, denn er stank, ich aber klebte. Vor unserem überstürzten Ausbruch hatte ich nämlich in der Küche rasch noch ein paar Eier ins Hemd gesteckt, und die waren beim Sturz vom Pferd zu Bruch gegangen. Gott sei Dank war alles andere, was ich hatte mitgehen lassen, nicht so empfindlich.

Nacheinander zog ich zwei gerupfte Täubchen,

einen kleinen Lederbeutel mit Salz und zwei Dinkelbrötchen heraus. Sie waren ein wenig mit Ei verschmiert, aber das würde, wenn man sie vorsichtig über dem Feuer erwärmte, ihren Wohlgeschmack nur noch erhöhen.

»Siehst du«, erklärte ich stolz, »ich habe etwas Nützliches getan, während du wieder einmal einem unschuldigen Mädchen zu nahe gekommen bist und uns um ein Haar um Kopf und Kragen gebracht hättest.«

Während ich das sagte, war ich mir der Blicke meines Gefährten bewusst. Dankbarkeit lag darin, denn ein Tag ohne eine anständige Mahlzeit kam für ihn einer Katastrophe gleich, aber auch verlegenes Schuldbewusstsein. Fast tat er mir schon wieder Leid.

»Ach, Philipp«, seufzte ich und hatte ihm bereits vergeben, während ich noch sprach. »Gott dem Herrn hat es gefallen, dich unten als Stier und oben als Ochsen zu erschaffen. Bei allen Heiligen, hätte er es nicht andersherum machen können?«

Es sprach für das Maß seiner Zerknirschung, dass er nicht ein Wörtchen entgegnete.

Inzwischen hatten wir unsere Kleider abgelegt, ich den groben Kittel und das Hemd, Philipp das seine, die Hose und den dunkelblauen Samtrock, ein Stück von verschlissener Pracht, mit mottenzerfressenem Pelzbesatz, das er auch im Sommer niemals ablegte. Wir wuschen alles sorgfältig im

Fluss aus, stiegen dann ins Wasser und gönnten uns ein erfrischendes Bad.

Hinterher breiteten wir die Kleider zum Trocknen aus und setzten uns in die Sonne; bald glomm ein kleines Feuer und jeder hielt an einem Stecken sein Täubchen darüber, mit Salz bestreut und obendrein fein gewürzt: Um Schaumkraut und Kümmel zu ernten, mussten wir nämlich nur die Hand ausstrecken.

Während die beiden Vögelchen sanft brieten, musterte ich nachdenklich meinen Gefährten, mit dem ich nun schon ein halbes Jahr unterwegs war.

Man konnte es nicht abstreiten, selbst jetzt, wo er nackt im Gras saß, strahlte er eine gewisse Würde aus. Er war groß und dick; ich schätze, dass er mehr als doppelt so viel wog wie ich. Aber das Fett war gerecht über seinen ganzen Körper verteilt, da störte es nicht besonders. Außerdem war es äußerst nützlich, um Falten und Runzeln auszustopfen. So konnte er behaupten, er sei gerade dreißig; ich wusste es besser, denn er hatte sich einmal verplappert und mir sein Geburtsjahr verraten: Glatte zehn Jahre machte er sich jünger, als er tatsächlich war.

Sein Gesicht glich einem Bratapfel auf der Glut, kurz bevor er aufplatzt; prall, strotzend vor Saft, ein bisschen gebräunt und mit roten Bäckchen. Die kleinen Äuglein schauten meist mit einem Ausdruck etwas schafsköpfiger Milde in die Welt. Erblickten sie jedoch eine reichliche Mahlzeit oder eine hübsche Frau, wurden sie größer und begannen zu strahlen, als ob sie von innen beleuchtet würden. Seine Nase war breit und kräftig, sein Mund war manchmal rund und rot wie eine Kirsche, wenn er nämlich einer Dame einen Gruß zuflötete, manchmal groß und schwarz wie eine Ofentür, wenn er aß oder eines seiner Lieder zum Besten gab.

Das Schönste an ihm aber waren zweifellos seine blonden Locken, die ihm bis auf die Schultern herabfielen. Er liebte sie über alles. Sie wurden täglich mehrfach gebürstet, bei jeder Gelegenheit in klarem Wasser gebadet, und gelegentlich wurden sie sogar mit Bier gespült. Das erhöhe ihren Glanz, behauptete er; ich hielt es für gotteslästerliche Verschwendung. Aber niemand konnte bestreiten, dass die Locken wirklich eine Pracht waren.

Schließlich hatte er auch noch eine wunderbare Stimme, deren Klang die Herzen der Ritter ebenso wie die der Damen zum Schmelzen brachte, zumindest zunächst, und ein gewinnendes Wesen, das ihm alle Tore öffnete – zumindest zunächst.

Wie schon oft seufzte ich auch jetzt wieder innerlich, als ich ihn so betrachtete. Wie waren doch die Gaben manchmal ungerecht verteilt! Was war ich schon gegen dieses Bild von einem Mann! Ich, ein dünnes Bürschchen von gerade fünfzehn Jahren, mehr als einen Kopf kleiner als er, mit einem mausbraunen, strähnigen Schopf, mit einem Gesicht voller Sommersprossen, mit zwei grünbraunen Augen, die auch beim Anblick der schönsten Frau nicht von innen beleuchtet wurden, mit einer Dutzendnase und einem Mund, an dem das einzig Auffällige eine Zahnlücke im Oberkiefer war. (Die hatte ich, seitdem mich der Dienstherr meiner Mutter beim Probieren seines besten Weins erwischt hatte.) Meine Stimme klang wie das Schnarren einer Lazarusklapper und ein gewinnendes Wesen besaß ich auch nicht, nur flinke Finger, die stahlen, was mir durch mangelnde Liebenswürdigkeit vorenthalten blieb.

Eines allerdings hatte ich ihm voraus. Gott hatte ihm zwar eine eindrucksvolle Erscheinung gegeben, aber nur einen mageren Verstand. Bei mir war es umgekehrt. Und einen Großteil meines beträchtlichen Verstands brauchte ich, um uns aus den Schwierigkeiten herauszuholen, in die uns seine Dummheit brachte.

Mein Gefährte war Minnesänger, einer von denen also, die von Hof zu Hof, von Burg zu Burg ziehen, dort dem geneigten Publikum ihre Kunst darbieten und dafür auf gutes Essen, bequeme Unterkunft und natürlich auch auf reiche Belohnung hoffen.

Er behauptete von adeliger Geburt zu sein. Die von Mahlau seien ein uraltes thüringisches Geschlecht, pflegte er zu betonen. Ich glaubte ihm kein Wort davon. Wahrscheinlich war es bei ihm wie bei seinem berühmten Kollegen Walther von der Vogelweide. Der soll als Junge die Kühe auf die Weide gebracht haben – aus Kuh wurde Vogel, und schon war ein neues Adelsgeschlecht geboren. Philipps Elternhaus, vermute ich, stand auf einer Au und war eine Mühle.

Doch egal, wenn er irgendwo eintraf, hoch zu Ross, mit wallenden blonden Locken und klangvoller Stimme, nahm man ihm seinen Adel ohne weiteres ab.

Aber Erfolg hatten wir trotzdem keinen.

Früher mochte das Minnesingen ja mal ein einträgliches Geschäft gewesen sein – wenn man sein Handwerk verstand. Heutzutage waren andere Sachen gefragt, gewagte Lieder, schlüpfrige Geschichten, in denen nimmersatte Frauen und geile Pfaffen die Hauptrolle spielten.

Wenn Philipp säuselnd von Rosenlippen sang oder beteuerte, dass er wie ein König ohne Krone und Land sei, wenn er seine Geliebte nicht sehen dürfe, dann fingen die Leute an den großen Höfen, wo wirklich etwas los war, nach einer Minute an zu gähnen.

Obendrein fehlte ihm auch das kleinste bisschen Talent. Seine Texte waren nicht nur hoffnungsvoll veraltet, sondern so hundsmiserabel, dass sie dort nicht einmal die Stallmagd in Entzücken versetzt hätten. Das merkte sogar ich, obwohl ich bis vor einem halben Jahr nur Lieder gekannt hatte, die . . .

na ja, man weiß ja, was besoffene Junggesellen im Wirtshaus so singen.

Aber er war nicht von seiner Singerei abzubringen. Er hielt den Minnesang für die einzig wahre Kunst und schwor, er, Philipp von Mahlau, würde ihn zu neuer, höchster Blüte bringen. Er! Das war ungefähr so aussichtsreich, wie wenn ich versuchen würde Erzbischof zu werden.

In den kleinen Burgen, an denen wir vorbeizogen, war man zwar begierig auf jede noch so armselige Abwechslung. Doch ging es dort oft so armselig zu, dass wir gar nicht erst eingelassen wurden, weil man sich die zusätzlichen Esser nicht leisten konnte. Durften wir bleiben, wurden Höchstleistungen von uns verlangt: Auftritte bis spät in die Nacht hinein. Philipp sang sein gesamtes Repertoire zur Drehleier und versprühte stundenlang seinen Charme, ich jonglierte, führte allerlei Kunststücke vor und stahl dem Hausherrn den Gürtel und der Hausfrau die Haube, ohne dass sie etwas davon merkten.

Und was gab es für diese Schwerarbeit? Saures Bier, zähes Fleisch, ein muffiges Lager im Stall, und wenn wir dann mit verdorbenem Magen wieder loszogen, reichlich Segenswünsche, aber nicht einen Heller mit auf den Weg – von einem Mantel oder einem Paar neuer Stiefel ganz zu schweigen.

Hatten wir es aber schon einmal gut getroffen, das heißt, war ein Burgherr reich und großzügig und verstand überhaupt nichts von Kunst, dann, ja dann gab es garantiert eine schöne Frau, die das zweifelhafte Glück hatte, das Wohlgefallen Philipps zu erregen. Und nur meine Fähigkeit, schnell zu denken und zu handeln, bewahrte uns in diesen Fällen davor, unsere Gesundheit dauerhaft einzubüßen.

Denn Philipp, mit seinem Verstand war es wie gesagt nicht weit her, wollte nie begreifen, dass ein Minnesänger die anwesenden Damen in seinen Liedern zwar nach Herzenslust anhimmeln darf, dass er aber um Gottes willen seine Finger von ihnen lassen muss.

Soviel ich auch predigte, mahnte und schimpfte, er verliebte sich dauernd, und leider nicht nur mit den Augen und mit dem Herzen, sondern auch mit den Händen.

So war es auch gestern gewesen. Eine blauäugige, blond bezopfte Küchenmagd hatte sein Herz ganz ohne ihr Zutun im Sturm erobert, jedes seiner zweifelhaften Lieder hatte er nur für sie gesungen.

Das wäre ja noch ganz in Ordnung gewesen. Meinetwegen hätte er sie noch wochenlang ansingen dürfen, das Essen war nämlich hervorragend.

Aber heute Morgen, wir saßen gerade in der Küche und wollten ein wenig Ragout und frisch gebackene Brötchen zu uns nehmen, da kam das hübsche Kind und stellte jedem von uns einen Krug Bier vor die Nase.

Und anstatt nun zu genießen, zu essen und zu trinken, fängt der Holzkopf an von ewiger Minne zu faseln, führt die Hand des verdutzten Mädchens an sein Herz, und legt, weil er wohl denkt; sie darf es, also, darf ich es auch, seine Hand auf ihren Busen und streichelt ihn hingebungsvoll.

Die Kleine schreit entsetzt auf, reißt sich los und saust aus der Küche.

Ich raune wütend: »Bei allen Heiligen, du Trottel, was hast du wieder angerichtet! Erstens tut man das ohnehin nicht und zweitens ist das keine gewöhnliche Küchenmagd, sondern die Tochter des Burgherrn! Nichts wie raus hier, bevor es uns an den Kragen geht!«

Kaum habe ich ausgesprochen, da dröhnt schon eine wütende Stimme: »Prügelt das Lumpenpack zum Tor hinaus!«

Ich höre gar nicht mehr zu, greife mir, was ich in der Eile zu fassen bekomme, im Laufschritt eilen wir zur Seitentür hinaus . . .

Den Rest habe ich schon erzählt.

Tja, und jetzt saßen wir wieder einmal da und wussten nicht, ob wir am Abend ein Kissen für unsere müden Häupter und einen Braten oder wenigstens einen Käse für unsere hungrigen Mägen bekommen würden.

Ich seufzte noch einmal, aber dann gewann ich meine gute Laune wieder. Man muss für den Augenblick leben! Die Maisonne schien warm, die Bienen summten, das Flüsschen gurgelte freundlich und die Täubchen waren gar.

Wir hielten noch die Brötchen ein bisschen über die Glut, dann genossen wir andächtig unser Mahl.

Als wir das letzte Knöchelchen abgenagt und uns das Fett von den Fingern geleckt hatten, wagte Philipp wieder etwas zu sagen.

»Hör mal«, begann er verlegen, »abgesehen davon, dass ich vielleicht heute früh eine etwas . . . mmh, unglückliche Hand gehabt habe . . .«

»Abhacken sollte man sie dir!«, unterbrach ich knurrend.

Noch einmal überflog ein Hauch von Schuldbewusstsein sein Bratapfelgesicht. »Also abgesehen davon«, fuhr er dann fort, »habe ich diese kümmerlichen Burgen satt, mit ihren Bewohnern, die ein Minnelied kaum von einem Rülpser unterscheiden können. Genauso habe ich die Grafen- und Bischofshöfe satt, wo ein Haufen von Banausen sich für kunstverständig hält, dabei kennen sie alle nichts als die neueste Mode, und von wahrer Kunst verstehen sie gerade so viel!«

Er schnippte mit den Fingern, aber es war nichts zu hören, weil noch Reste von Taubenfett daran klebten. Das irritierte ihn, aber nicht lange.

»Ich habe es satt«, dröhnte er, und jetzt war er wieder ganz der Alte, von Schuldbewusstsein keine Rede mehr, »von kleinen Geistern abhängig zu sein, die meine Kunst nicht zu würdigen wissen, ja, sie nicht einmal verstehen! Ich, Philipp von Mahlau, Ritter und Minnesänger, sage dir: Vorbei sind die Zeiten, in denen wir gedarbt haben und gedemütigt wurden!«

»Ach wirklich?«, fragte ich ungläubig. »Und worauf gründest du diese Hoffnung?«

»Ganz einfach«, erwiderte er und strich sich selbstgefällig die blonden Locken. »Indem wir dahin gehen, wo Bildung und Kultur herrschen, wo Großmut das Denken bestimmt, wo verschwenderische Tafeln gepflegt werden, wo die Frauen nicht nur schön sind, sondern auch ein weites Herz besitzen. Verstehst du, mein Sohn? Wir gehen in die Stadt!«

Ich nickte ergeben. Ich hatte zwar die Stadt in ganz anderer Erinnerung, aber wenn er in dieser Stimmung war, dann konnte man ihm nichts ausreden.

Unsere Kleider waren inzwischen fast trocken und wir zogen sie wieder an. Unsere Stute hatte ausgiebig von dem grünen Klee gefressen und furzte zum Steinerweichen; ihr konnte Bewegung nur gut tun. Folglich stand unserem Aufbruch nichts mehr im Weg.

Philipp schlug mir auf die Schulter, dass es krachte. »Nach dem, was ich heute durchgemacht habe«, sagte er, »kann ich wirklich nicht mehr zu Fuß gehen!« Er schwang sich in den Sattel und ritt gemächlich los. Dann wandte er den Kopf noch einmal zurück und fügte freundlich hinzu: »Das versteht du doch, Lorenz!«

Ach ja, fast hätte ich es vergessen: Mein Name ist Lorenz. Ganz ohne von, ohne Weide und ohne Au, einfach Lorenz. Das ist lateinisch und bedeutet so viel wie: Einer der zu Fuß geht, wenn andere reiten.

Nun trottete ich ziemlich verdrossen die staubige Straße entlang, vor mir das dicke Hinterteil der Stute und darüber das nicht viel dünnere meines Herrn. Der Anblick schien mir die Aussichten für die Zukunft zu symbolisieren – ziemlich beschissen, wie ich fand. Insofern hatte sich gegenüber früher eigentlich nicht allzu viel verändert.

Bei Gott und allen seinen Heiligen, was hatte ich für kühne Hoffnungen gehabt, damals, vor einem halben Jahr . . .

Soweit ich zurückdenken kann, war meine Mutter Mädchen für alles beim Wirt »Zur Heiligen Kunigunde« am Stadtrand von Bamberg gewesen.

Wenn ich sage »Mädchen für alles«, dann ist das wörtlich zu nehmen. Sie putzte, bediente die Gäste, versüßte dem Wirt die Nächte, in denen er nüchtern war (was, Gott sei Dank, nicht allzu häufig vorkam), und wenn ein zahlungswilliger Gast ein bisschen Unterhaltung wünschte, dann musste sie auch dafür herhalten. Das kam leider häufiger vor, denn sie war ziemlich hübsch.

Über meinen Vater habe ich nichts Genaueres in

Erfahrung bringen können. Mutter machte ein paar Mal höchst geheimnisvolle Andeutungen wie, er sei von hoher Geburt gewesen. Vielleicht ist er auf einem Berg zur Welt gekommen oder auf einem Kirchturm, ich weiß es nicht, und es ist mir auch ziemlich egal. Jedenfalls muss er ein hässlicher Gnom gewesen sein, so wie ich aussehe. Das ist, denke ich, auch der Grund dafür, dass sie mich immer nur als ein äußerst lästiges Anhängsel betrachtete.

Der Wirt war der erbärmlichste Geizhals, den man sich vorstellen kann. Er war so geizig, dass er das Fett von den Tellern der Gäste kratzte, um Lichter daraus zu gießen. Die abgenagten Knochen zerhackte er und kochte daraus mit halb verfaultem Gemüse eine Brühe, die er dann immer noch teuer an die verkaufte, die sich sonst gar nichts leisten konnten.

Muss ich noch sagen, dass mir der Verfluchte niemals genug zu essen gab, so schwer er mich auch schuften ließ? Was ich brauchte, um satt zu werden, und das war nicht wenig, musste ich deshalb stehlen. Weil er aber über jede Zwiebelscheibe Bescheid wusste, merkte er sofort, wenn ihm etwas fehlte. Die Folge waren – Prügel.

Ich hatte also nur zwei Möglichkeiten: hungrig zu bleiben oder verdroschen zu werden. Ich wählte in der Regel das Zweite, denn die Schmerzen ließen nach, der Hunger aber nicht. Gleichzeitig wurde ich in der Kunst des Stehlens ständig geschickter. Manchmal schaffte ich es, dem Wirt ein Stück Fleisch so schnell und geräuschlos vom Teller zu klauen, dass er anfing an Gespenster zu glauben.

Ich wurde wirklich ein erstklassiger Dieb. Prügel bekam ich deshalb aber nicht weniger, denn irgendein Anlass fand sich immer. So wurde mein Wunsch immer größer, aus dem Wirtshaus »Zur Heiligen Kunigunde« für immer zu verschwinden.

Nur – wohin hätte ich gehen sollen, allein und ohne Geld?

Dann kam die große Wende. Eines Abends wurde die Tür zum Schankraum aufgestoßen und ein Gast kam hereingestürmt, groß, breit und dick, mit wehendem Blondhaar. Ich stand gerade hinter der Theke.

»Wein, vom besten, und zwar schnell!«, bellte der Fremde.

Ich beeilte mich einen Krug abzufüllen. Vorsichtig sah ich mich um. Weder der Wirt noch meine Mutter waren in der Nähe, die Gelegenheit schien günstig. Also bückte ich mich, damit auch der Gast nichts bemerkte, und nahm einen tiefen Zug.

Gerade füllte ich das Fehlende mit bestem Brunnenwasser auf, als mich plötzlich eine große Hand am Genick packte. Ich musste mich nicht erst umdrehen, um zu wissen, wer hinter mir stand.

»So, du bescheißt also die Gäste!«, flüsterte der Wirt mit heiserer Stimme. Er goss den schon verdünnten Wein zur Hälfte ins Fass zurück und füllte ihn dann mit seinem billigsten Fusel auf, ohne meinen Hals auch nur einen Augenblick loszulassen.

Dann brüllte er durch den Raum: »Einen Krug vom besten, der Herr, wie gewünscht«, und beförderte mich mit einem Fußtritt vor den Tresen. »Los, bring's ihm«, befahl er, »wir rechnen später noch ab!«

Ich stolperte zu dem Unbekannten und stellte den Krug vor ihn hin.

»Der Wein ist gepanscht«, zischte ich, »Ihr müsst Euch beschweren! Zahlt auf keinen Fall den vollen Preis!«

Er nickte gravitätisch. »Ich danke dir, mein Sohn!«

Oh, hätte ich nur damals schon den Scharfblick besessen, den ich heute besitze!

Als er später die Zeche bezahlte, verlor er nämlich kein Wort über den Wein, und als ihm meine Mutter im Schlafsaal ein Bett anwies, sah ich, wie er seine fleischige Pranke über ihre Kehrseite gleiten ließ.

Hätte ich die Zeichen zu deuten verstanden, wäre mir klar gewesen, dass der Fremde ein kolossaler Feigling und ein unverbesserlicher Weiberheld war, und ich hätte mich von ihm so fern gehalten wie der Teufel vom Weihwassser.

So aber, als ich ihm einen Schlaftrunk brachte und er wohlwollend sagte: »Einen Burschen wie dich, den könnte ich gut brauchen!«, war mein Entschluss schnell gefasst: Ich würde türmen und mich diesem imponierenden Fremdling anschließen!

Ich steckte die angedrohten und auch prompt verabreichten Prügel klaglos ein und ging in den Stall, wo ich mein Lager hatte.

Als alles schlief, stand ich leise auf. Einzupacken brauchte ich nur, was mir gehörte, also nichts. Das schien mir aber zu wenig, deshalb stahl ich eine Pferdedecke, zwei Schinken und einen Laib Brot und füllte einen großen Tonkrug vom Besten ab. Einen Augenblick lang überlegte ich, ob ich nicht im Geldkasten des Wirts ein bisschen Platz schaffen sollte, aber dann traute ich mich doch nicht, denn er hatte ihn direkt neben seinem Bett stehen und seine Pranke liebevoll darauf gelegt.

Also schlich ich mich mit meiner Beute hinaus auf die Straße.

In einem halb verwilderten Garten, von dem aus man einen ausgezeichneten Blick über die Straße hatte, ohne selbst gesehen zu werden, kauerte ich mich nieder und wartete sehnsüchtig und frierend den Morgen ab.

Endlich ging die Sonne auf und nicht lang danach war das Geräusch klappernder Hufe zu hören. Gleich darauf sah ich den Mann, auf den ich meine ganze Hoffnung gesetzt hatte, herantraben.

Irgendetwas schien ihn ziemlich aufgebracht zu haben, denn sein Gesicht war zorngerötet und er schimpfte vor sich hin.

Als er die Hecke erreichte, hinter der ich hockte, rief ich ihn halblaut an: »He, hört Ihr mich? Ich habe auf Euch gewartet!«

Er fuhr heftig zusammen, aber dann erkannte er wohl meine Stimme und hielt an. Ich trat hervor.

»Was willst du?«, fragte er mürrisch. »Schau lieber, dass du nach Haus kommst! Der Wirt tobt vor Wut, er will die Wache verständigen, sagt er, weil du ihn bestohlen hast!«

»Dem Schweinehund habe ich viel weniger gestohlen, als er mir schuldig ist«, erwiderte ich gleichgültig. »Er ist ein Leuteschinder und Betrüger . . .«

»Ha, das stimmt«, unterbrach mich der Reiter zornig. »Stell dir vor, er hat zwei Groschen extra von mir verlangt, weil ich seine Kellnerin ›betatscht‹ hätte. ›Betatscht‹ hat er gesagt! Sag selbst, kann man das Edelste und Höchste, was es auf dieser Welt gibt, die Liebe zwischen Mann und Frau, mit zwei Groschen bezahlen?«

»Und, habt Ihr sie ihm gegeben?«, fragte ich neugierig.

Er verzog verdrießlich das Gesicht. »Was hätte ich sonst machen sollen? Er kam mit einem verdammten Ochsenfiesel auf mich zu . . .«

Den Ochsenfiesel kannte ich nur zu gut, noch heute wache ich nachts manchmal schweißgebadet auf und glaube ihn auf meinem Hintern zu spüren. Aber ich war ein ausgemergeltes Bürschchen. Wie konnte sich dieser bärenstarke Mann davon eingeschüchtert fühlen?

Er musste wohl meinen zweifelnden Blick bemerkt haben, denn er blähte sich auf und sagte grollend: »Ein Ritter Philipp von Mahlau lässt sich nicht mit einem hergelaufenen Kneipenwirt auf eine Rauferei wegen zwei Groschen ein.«

Mein Misstrauen schwand so schnell, wie es gekommen war. Wie hatte ich aber auch annehmen können, dass sich ein stolzer Falke um das Gezeter eines räudigen Spatzen kümmerte!

Ein wirklicher Ritter also war der Fremde. Voller Ehrfurcht bewunderte ich seine aufrechte, kühne Haltung und sein prächtiges Gewand. Die aufgeplatzten Nähte und die abgewetzten Stellen bemerkte ich nicht, ich glaube, ich wollte sie auch gar nicht bemerken, Dummkopf, der ich damals war.

»Nehmt mich mit, edler Herr Ritter«, bat ich demütig, »ich will Euch dienen!«

Er musterte mich eine Weile herablassend, dann meinte er gnädig: »Also gut, es sei! Doch warne ich dich: Dein Leben wird voller Mühen, Abenteuer und Gefahren sein!«

Ich nickte eifrig. »Genauso wünsche ich es mir, edler Herr! Ihr könnt Euch auf mich verlassen.«

»Dann wollen wir aufbrechen, bevor der Halunke wirklich nach dir suchen lässt.«

Ich reichte ihm meine Beute, die er mit anerkennendem Brummen in seinem Bündel verstaute.

Den Krug leerte er an Ort und Stelle und warf ihn beiseite – ich sah es mit Missvergnügen.

Dann wollte ich mich hinter ihm auf den Rücken der Stute schwingen.

»Was hast du vor?«, fragte er erstaunt. »Seit wann reitet der Knecht auf dem Ross des Herrn?«

»Ja, aber . . .«, stotterte ich, denn auf einen endlosen Fußmarsch hatte ich mich eigentlich nicht eingerichtet, »soll ich Euch etwa hinterherlaufen?«

Plötzlich glitt ein schadenfrohes Grinsen über sein rundes Gesicht. »Also meinetwegen, steig auf!«

Ich krabbelte auf den bloßen Pferderücken, denn der Sattel wurde vom prallen Hintern des Reiters so ausgefüllt, dass nicht mal mehr ein Rattenschwanz Platz gehabt hätte, klammerte mich an meinen neuen Gebieter und wartete darauf, dass es losging.

Die Stute rührte sich nicht.

»Hoho«, rief Herr Philipp und schnalzte mit der Zunge. »Beweg dich, meine Brave, los geht's!«

Keinen Schritt machte das blöde Vieh. Stattdessen hob es den Schwanz und ließ mit vernehmlichem Pflatschen die Ergebnisse seiner Verdauungstätigkeit in den Staub fallen.

Von vorne war lautes Kichern zu hören.

»Du siehst, das kluge Tier duldet die Anmaßung des Knechtes nicht«, sagte Herr Philipp. »Also, hinab mit dir!«

Heute weiß ich, dass die unglückliche Stute außer diesem Fleischberg einfach nichts mehr tragen konnte. Damals war ich einfältig genug, um Philipps Behauptung zu glauben, und rutschte gehorsam wieder hinunter. Sofort trabte die Stute an, ich stolperte und trat mit einem Fuß in die dampfenden Pferdeäpfel, dass das warme Mus zwischen meinen Zehen hervorquoll – denn Schuhe besaß ich nicht und welche zu stehlen hatte ich in der Eile vergessen.

Ich beschloss, das bei nächster Gelegenheit nachzuholen, und ging meinem neuen Herrn hinterher, nicht mehr ganz so freudig, aber immer noch voller Hoffnung.

Seit diesem Tag war ich also Knecht des fahrenden Ritters und Minnesängers Philipp von Mahlau.

Wenn er auch der größte Lügner und Aufschneider unter der Sonne ist, in einem Punkt hatte er doch die Wahrheit gesprochen: Mich erwartete wirklich ein Leben voller Mühen, Gefahren und Abenteuer. Worin die bestanden, habe ich schon angedeutet.

Es ging mir jedenfalls nicht viel besser als vorher. Zwar bekam ich keine Prügel mehr, aber dafür hungerte und fror ich umso häufiger. Immerhin lernte ich auch einiges dazu. Zum Beispiel brachte mir Philipp das Lesen und Schreiben bei. Nicht aus Uneigennützigkeit, versteht sich. Vielmehr musste ich ihm oft aus seinen so genannten Kunstwerken vorlesen. Das begeisterte ihn so, dass er darüber sogar seinen knurrenden Magen vergaß. (Ich nicht, wie man sich denken kann.)

Außerdem wurde ich ein immer geschickterer Dieb. Denn in schlechten Zeiten, und die waren nicht gerade selten, musste ich an Marktständen einkaufen, ohne zu bezahlen, oder gar in Hühnerställe oder Vorratskammern einbrechen.

Allmählich gab es keine hohe Mauer, die ich nicht übersteigen, keinen noch so schmalen Sims, den ich nicht erklimmen, keine enge Fensteröffnung, durch die ich mich nicht winden konnte. Ich brachte es zur Meisterschaft im Klettern, Springen, Balancieren und – Weglaufen. Das war meine wichtigste Kunst, denn wäre ich einmal erwischt worden, hätte mein Hals sicherlich Bekanntschaft mit dem Galgenstrick geschlossen, und der arme Philipp, der stets in sicherer Entfernung vom Ort des Geschehens auf mich wartete, hätte wieder mutterseelenallein durch die Lande ziehen müssen. Das konnte ich ihm doch nicht antun!

Irgendwann kamen wir darauf, dass mit meinen nützlichen Fähigkeiten auch auf ehrliche Weise Geld zu verdienen sei. Seitdem turnte und stahl ich auch zum Vergnügen des Publikums, bevor Philipp ihm mit seinen Minneliedern die Laune wieder verdarb.

Und jetzt, nachdem wir uns ein halbes Jahr lang von Burg zu Burg, von Gutshof zu Gutshof durchgeschlagen hatten, waren wir also auf dem Weg nach Nürnberg, der größten, und wenn es stimmte, was Philipp sagte, obendrein reichsten Stadt weit und breit. Dort sollte uns angeblich rauschender Erfolg und ein Leben in Saus und Braus erwarten.

Ich mochte es allerdings nicht recht glauben ...

Erspart mir, euch die zwei Tage bis zu unserer Ankunft genauer zu schildern. Es waren besonders erbärmliche Tage. Es gab niemanden, der sich für unsere Künste interessiert hätte. Die beiden Täubchen waren nicht mehr als ein Appetithappen gewesen, sodass uns schon am Abend der Hunger die Gedärme zusammenzog.

Schließlich schickte mich Philipp zum Pförtner eines Benediktinerklosters, an dem wir vorüberkamen, um eine warme Suppe und ein Nachtquartier zu erbetteln.

Am nächsten Tag war es nicht besser; gottlob, trafen wir wenigstens ein paar rastende Kaufleute, die uns, ohne es zu merken, ein Stück Ziegenkäse und eine Dauerwurst spendierten. Die Nacht mussten wir fröstelnd im Freien zubringen, so blank waren wir.

Am Nachmittag des dritten Tages, dem Herrn und seinen himmlischen Heerscharen sei Dank, sahen wir, nachdem wir stundenlang durch schier endlose Wälder gezogen waren, schließlich die Mauern und Türme der Freien Reichsstadt Nürnberg vor uns. Plötzlich war auch die Straße voller Leben. Fuhrwerke, mit Wein-, Salz- oder Heringsfässern beladen, kreuzten unseren Weg, gewaltige

Lastkarren, auf denen sich Balken und Stämme türmten, zockelten vor uns her, Kaufleute in Kleidern aus feinster Seide und von elegantem Schnitt trabten an uns vorüber, auf hochbeinigen, stolzen Rössern, die nicht einmal den Schwanz zur Begrüßung hoben, wenn sie unsere arme Stute passierten.

Dazu gab es Krämer, die unter der Last ihrer Kiepe stöhnten, Ackerbürger, die müde von der Arbeit auf den Feldern nach Hause wankten, Musikanten, fahrende Barbiere und Wunderheiler, Mönche, Bettler, Huren, Gaukler, reisende Handwerker.

Eine emsige, wimmelnde Menschenmenge strömte auf das Stadttor zu, das sie wie das Maul eines gefräßigen Untiers verschluckte und im Inneren der dicken Mauern wieder ausspuckte.

Soviel war mir klar: An Publikum würden wir hier keinen Mangel haben. Aber auch die Konkurrenz würde gewaltig sein; und das bei den höchst zweifelhaften Fähigkeiten meines Gefährten . . . Ich würde jedenfalls mein Bestes geben und ansonsten meine Hände in Unschuld waschen.

Als wir die Wache am Tor erreicht hatten, zügelte Philipp die Stute. »Philipp von Mahlau, Ritter und Minnesänger, mit seinem Diener«, verkündete er.

Der Wächter musterte uns mit einem Blick von geradezu beleidigender Kürze.

»Fahrendes Volk also«, knurrte er und kritzelte etwas auf einen Fetzen Pergament.

»Fahrendes Volk?«, brauste Philipp auf. »Was erdreistest du dich, du geistlose Sklavenseele?«

»Halt 's Maul«, raunte ich, denn ich fürchtete, unser Nürnberg-Aufenthalt könnte beendet sein, bevor er noch richtig begonnen hatte.

Aber meine Sorge war überflüssig, der Wächter blieb völlig ungerührt.

»Aufenthaltserlaubnis für drei Tage«, sagte er und drückte Philipp das Pergament in die Hand, »täglich einmal hier melden!«

Damit winkte er uns durch und wir zogen in Nürnberg ein, ich erleichtert, Philipp Verwünschungen murmelnd. Doch bald wichen unsere Empfindungen staunender Bewunderung. Denn, bei Gott, das war wirklich eine kolossale Stadt! Die Straße war so breit, dass ein halbes Dutzend Reiter nebeneinander bequem Platz hatte. An ihren Rändern ragten große behauene Steine aus dem Boden, wahrscheinlich, damit man bei Regen darüber laufen und seine Stiefel sauber halten konnte.

Viele Häuser waren ganz und gar aus Stein, andere hatten ein Obergeschoss aus Fachwerk, doch alle sahen so frisch und sauber aus, als hätte man sie gerade erst gebaut.

Wir folgten dem Strom von Fußgängern, Reitern und Karren, vorbei an einer gewaltigen Kirche, deren Türme mich ein bisschen an den Bamberger Dom erinnerten, überquerten einen Fluss und erreichten schließlich einen großen Platz. Hohe Häuser säumten ihn, rechter Hand befand sich eine Kirche, nicht besonders groß, als ob sie sich bescheiden im Hintergrund halten wollte, angesichts des Brunnens, der vor ihr emporragte. So etwas Prächtiges hatte ich noch nie gesehen. Er sah aus wie ein kunstvoll gebauter Kirchturm und ragte genauso hoch in den Himmel. Mannshohe Statuen schmückten und ein geschmiedetes Gitter umgab ihn, und er war von oben bis unten vergoldet.

Mein Gott, so viel Aufwand bloß für einen Ort, an dem sich die Leute ihr Wasser holten! Die Nürnberger mussten wirklich sehr reich sein.

Es gab unzählige Läden, Buden und Stände. Marktschreier priesen ihre Waren an, da hockte ein Erzähler auf einem Podest, dort warf ein Jongleur seine Bälle in atemberaubender Geschwindigkeit in die Luft, hier riss ein Bader seinem schreienden Patienten einen Backenzahn aus. Hühner gackerten, struppige Köter schnüffelten in Abfallhaufen, Tauben schwirrten über die Stände der Bäcker und überall waren Menschen, Menschen, Menschen.

Ich gestehe, dass mich diese Riesenstadt ein bisschen ängstlich machte. Bestimmt waren die Nürnberger nur absolut Erstklassiges gewöhnt, Zauberer, Gaukler, Musikanten, die weit und breit ihresgleichen suchten.

Wer würde sich da für einen ausgemergelten Turner interessieren, der ein paar dürftige Sprünge beherrschte und als Zugabe die Hüte von ein paar Eierköpfen stahl?

Und wer würde einem Sänger zuhören, dessen Minnegesäusel schon seit hundert Jahren aus der Mode war und der außerdem so viel künstlerisches Talent wie ein Bauerndarm besaß?

Ich schielte zu meinem Herrn und Meister hoch. Wie erwartet wurde er von solchen Zweifeln nicht geplagt. Er strahlte vielmehr über beide feiste Backen, beugte sich zu mir und sagte begeistert: »Siehst du, mein Sohn, das ist die Welt. Hier wird man mich endlich zu würdigen wissen.«

Er lenkte die Stute auf ein freies Plätzchen, stieg ab und nahm seine Drehleier zur Hand.

»Los, mach ein bisschen was«, zischte er, »damit die Leute aufmerksam werden! Haben wir erst mal Zuschauer, werde ich sie mit meiner Kunst bezwingen.«

Ich nickte ergeben. Was sollte ich schon machen? Ihn am Singen hindern? Ebenso gut hätte ich versuchen können, beim Pinkeln ein Rad zu schlagen, ohne mich nass zu machen. Außerdem brauchten wir dringend Geld; vielleicht würde uns der eine oder andere wenigstens aus Mitleid eine Kleinigkeit geben.

Ich legte also zunächst einmal mit einem doppelten Handstandüberschlag los und schob ein paar Räder und einen Salto nach.

Tatsächlich wurden einige Leute aufmerksam, einer klatschte sogar. Ich wurde mutiger, sprang auf das Pferd, von da auf Philipps Schultern und kam gleich darauf mit einem sauberen Schraubensalto wieder auf dem Boden auf.

Jetzt wurden es schon mehr, die uns zusahen. Ich schnappte einem jungen Mann einen Mandelkuchen aus der Hand, in den er eben hatte beißen wollen, wirbelte in tollen Sprüngen über den Platz und sank dann vor einem hübschen jungen Mädchen in die Knie.

»Der Herr dort drüben lässt Euch diese Liebesgabe reichen, edle Dame, um Euer Herz zu bezwingen«, sagte ich und gab ihr den Kuchen.

Die Kleine errötete und sandte dem unfreiwilligen Spender einen langen feurigen Blick. Die beiden würden bestimmt was herausrücken!

Mit neuem Schwung machte ich weiter. Ich turnte, sprang, jonglierte mit meinen Schuhen oder balancierte auf den Händen über den Rücken der Stute. Um eine dicke Frau wirbelte ich so lange herum, bis sie anfing zu schielen, dann stahl ich ihr mit flinkem Griff die Kette vom Hals, um sie ihr gleich darauf feierlich und unter dem Gelächter der anderen wieder zu überreichen.

Inzwischen war es eine ganz schöne Menge, die sich angesammelt hatte, um mir zuzusehen, und ich war ordentlich stolz. Mit einem doppelten Salto von Philipps Schultern beendete ich meine Darbietung, zog dann einem braven Bürger die Mütze vom Kopf und begann zu sammeln.

Oh, wie lieblich tönte das Klingeln der Münzen in meinen Ohren; es war zwar nur Kleingeld, aber dafür ein ganz hübsches Häufchen.

Vergnügt stopfte ich es in meine Tasche und gab die Mütze mit einer artigen Verbeugung zurück. Unser Überleben für die nächste Zeit war gesichert.

Mit großer Geste baute ich mich vor Philipp auf. »Und jetzt«, verkündete ich, »der Höhepunkt unserer Vorstellung! Lauscht dem hochberühmten Ritter und Minnesänger Philipp von Mahlau!«

»Was hast du gemacht!«, stieß der hochberühmte Ritter und Minnesänger zwischen zusammengepressten Zähnen hervor. »Wie kannst du für deine lausige Darbietung lausige Pfennige einsammeln, wenn die Leute in Kürze Goldstücke zu geben bereit wären! Gnade dir Gott, wenn du mir das Geschäft verdorben hast!«

»Besser man hat, als man hätt«, entgegnete ich ungerührt. »Fang endlich an, damit wir es möglichst schnell hinter uns bringen!«

Er knurrte etwas Unverständliches, stimmte die Drehleier, drehte die Kurbel und ließ sein Organ ertönen. Ein kurzes Begrüßungsliedchen stimmte er an, ganz nett eigentlich, also auf keinen Fall von ihm selbst.

Die Leute horchten auf. Das war einmal ein Sänger!

Da kannte Philipp kein Halten mehr. Strotzend

vor Selbstgefälligkeit schmetterte er seine eigenen scheußlichen Minneverse hinaus:

Unter den Eichen,
an dem Bach,
lag ich bei meiner Liebsten warm
und tat mein Haupt neigen
und küsste, ach,
auf ihren lilienweißen Arm
so viele tausend Male fein,
eiapopeia,
und dazu sang ein Vögelein.

Ist das nicht wirklich grauenhaft? Schon bei der vierten Zeile wurden die Zuhörer unruhig.

»Komm endlich zur Sache, Dicker!«

»Willst du uns auf den Arm nehmen?«

Philipp tat so, als ob er nichts hörte, aber bei »eiapopeia« wurde das Johlen und Pfeifen ohrenbetäubend, und als er das »Vögelein« von sich gegeben hatte, flog etwas durch die Luft und klatschte dem Sänger auf die edle Ritterstirn. Mir schien es so etwas wie eine faule Zwiebel zu sein.

»Lass es doch mal zwitschern, dein Vögelein«, brüllte jemand unter dem Gekicher der anderen.

Philipp stemmte die ansehnlichen Fäuste in die nicht minder ansehnlichen Hüften.

»Wer wagt es, sich über meine erhabene Kunst lächerlich zu machen?«, donnerte er.

Ein junger Mann drängte sich nach vorn. »Ich«, sagte er und reckte herausfordernd die breiten Schultern.

Wie auf Kommando schwiegen die anderen, alles blickte auf die Kontrahenten. Das sah nach einer herrlichen Rauferei aus!

Ich grinste in mich hinein. Den guten Leuten stand eine herbe Enttäuschung bevor.

»Mit so einem stelle ich mich nicht auf eine Stufe«, murmelte Philipp, aber vorsichtshalber so leise, dass es außer mir niemand verstand, wischte sich verstohlen ein Stück matschige Zwiebelschale aus dem Gesicht und verstaute seine Drehleier. Dann fummelte und zerrte er am Sattelgurt der Stute herum, als ob der inzwischen seinen Sitz verändert hätte.

Unsere Zuschauer warteten noch einige Augenblicke; als sie merkten, dass nichts, aber auch gar nichts passierte, gingen sie murrend und enttäuscht auseinander.

Nach einer Weile flüsterte Philipp, ohne sich umzudrehen: »Ist er weg?«

»Er ist weg«, beruhigte ich ihn. »Du brauchst keine Angst mehr zu haben.«

»Angst?«, fuhr er auf und sah sich vorsichtig um, ob auch wirklich niemand mehr in der Nähe war, »Angst? Philipp von Mahlau kennt keine Angst! Doch er lässt sich nicht mit dem gemeinen Pöbel auf einen Streit ein, der ohnehin zu nichts führen würde. Merk dir das, du naseweiser Lümmel! Diesen Bauernfünfern wird die wahre Kunst für immer verschlossen bleiben!«

»Leider scheint die ganze Welt nur aus Bauernfünfern zu bestehen«, seufzte ich. »Da die Goldstücke also heute ausbleiben, schlage ich vor, dass wir uns von meinen lausigen Pfennigen was zu essen kaufen. Ich hab nämlich Hunger.«

Er kam nicht mehr dazu, zu antworten, denn in diesem Moment geschah ein Wunder: Ein Engel sprach zu uns.

Seine Stimme war zart und doch selbstbewusst, lieblich und trotzdem energisch. Er hauchte: »Verzeiht, Herr Ritter, dass Eure große Kunst so wenig Würdigung gefunden hat. Mich hat sie begeistert.«

Philipp erstarrte. Wenn einer soeben eine höchst irdische faule Zwiebel an den Kopf gekriegt hat und gleich darauf von einem Himmelsboten gepriesen wird, erstarrt er eben.

Für mich traf weder das eine noch das andere zu, ich konnte also den Kopf wenden und den Engel in Augenschein nehmen.

Er trug, einigermaßen ungewöhnlich für einen Engel, Trauerkleidung und war einen halben Kopf größer als ich. Seine üppige Figur, die kastanienbraunen Locken, die unter der Haube hervorschauten, und ein ziemlich eindrucksvoller Busen bewiesen, dass es sich um einen weiblichen Engel handelte.

Er hatte eine gerade Nase mit fein geschwungenen Flügeln, reizende kleine Ohren mit zartfleischigen Läppchen und vollendet geformten Lippen. Und seine Augen waren die schönsten Augen, die ich je gesehen hatte: Groß, rund und arglos schauten sie in die Welt, sie schimmerten in zartem Grün wie Buchenblätter im Frühling, wenn die Sonne durch sie hindurchscheint.

Ich muss zugeben, ich war ziemlich beeindruckt. Und erst Philipp! Er löste sich aus seiner Erstarrung, drehte sich um, stierte und erstarrte wieder.

Ich dachte mir gerade, dass ein versteinerter Ritter doch viel angenehmer wäre als ein singender, als der weibliche Engel erneut das Wort ergriff: »Wollt Ihr meine Entschuldigung nicht annehmen, Herr Ritter?«

Da passierte etwas höchst Ungewöhnliches: Philipp gewann zwar die Geschmeidigkeit seiner Glieder zurück, was sich in einer formvollendeten Verbeugung äußerte, aber ihm fehlten die Worte. Soviel er auch druckste, stotterte und den Unterkiefer auf- und zuklappte, nichts Verständliches kam heraus.

Der Engel half ihm aus der Verlegenheit. »Sagt einfach«, flötete er, »dass Ihr uns vergebt, Herr Ritter. Sagt einfach Ja!«

Dabei streckte er ihm seine Hand entgegen, eine zarte weiße Engelshand, hätte ich vermutet, aber die Hand, die sich da meinem Herrn und Meister aus dem bestickten schwarzen Ärmel entgegenschob, war zwar durchaus wohlgeformt, aber recht kräftig und rauhäutig; vom Mittelfinger quer über die Handfläche bis zum Daumenballen lief eine wulstige Narbe wie von einem tiefen, schlecht verheilten Schnitt.

Philipp merkte von diesem kleinen Schönheitsfehler nichts. In dem Zustand, in dem er sich befand, hätte sich ihm die schwimmhäutige Pfote eines Teichfroschs darbieten können, er hätte es nicht gemerkt. Er beugte sich nur tief über die Hand und säuselte ein entzücktes »Ja!«.

Die schönen Engelsaugen leuchteten. »Dann erlaubt mir, Euch in mein bescheidenes Haus einzuladen, damit Ihr mich und meine Freunde mit Eurer Kunst erfreuen könnt. Es ist zwar ein Trauerhaus, denn mein lieber Herr Gemahl hat mich vor einigen Monaten viel zu früh verlassen, aber ein wenig Zerstreuung und wahrhaftig erhabenen Genuss dürfen wir uns wohl gönnen, ohne leichtfertig zu sein.«

Philipp senkte seine Lippen zum zweiten Mal auf die Hand. »Es wird mir eine Ehre sein!«

Er warf einen Blick auf mich, so wie man einen alten Hofköter taxiert, ob er das Gnadenbrot noch wert ist. »Was ist mit ihm?«

»Oh«, sagte der Engel gleichgültig, »für den Burschen wird sich ein Plätzchen im Stall finden. Außerdem kann er in der Küche helfen und Euch bei Tisch aufwarten.«

Ich senkte den Kopf. Für magere, etwas kurz geratene Jungen mit mausbraunem Haar und Sommersprossen gab es eben keinen Engel auf Erden; die blieben den blond gelockten Rittern vorbehalten.

Einen Augenblick, einen winzigen kurzen Gedanken lang erwog ich, den beiden eine Nase zu drehen und mitsamt meinen Pfennigen auf Nimmerwiedersehen zu verschwinden.

Natürlich tat ich es nicht. Ich brachte es nicht übers Herz, den dicken einfältigen Philipp allein zu lassen – schon gar nicht mit einem Engel. Außerdem spürte ich, wie sich etwas heftig in mir regte, meine Neugier nämlich.

Als Philipp deshalb brummte: »Hast du gehört, Bursche?«, nickte ich scheinbar ergeben und machte zwei Schritte, um die Stute beim Zügel zu nehmen. Dabei stolperte ich und trat Philipp ganz aus Versehen kräftig gegen das Schienbein.

»Verzeihung, Herr!«, sagte ich demütig.

Seine Antwort blieb mir erspart, denn der Engel sagte: »Ich habe mich Euch noch gar nicht vorgestellt. Ich bin Christine Schäffler, Witwe des Gewürzhändlers und Mitglieds des Inneren Rates der Stadt Nürnberg, Johannes Schäffler.«

Sie deutete auf jemanden, der inzwischen neben sie getreten war: »Und das ist Stefan Schwarz, mein Verwalter.«

Ich sah auf und konnte mir ein schadenfrohes Prusten nicht verkneifen. Der Herr Verwalter war nämlich kein anderer als der junge Mann, der die Zwiebel geworfen hatte.

Philipp machte ein Gesicht, als hätte er sie im Ganzen verschluckt, die Zwiebel. Er verbeugte sich steif und musterte seinen Gegner finster.

Der schaute kein bisschen freundlicher zurück und fragte ungläubig: »Den albernen Schreihals und seine halb verhungerte Vogelscheuche von Diener wollt Ihr in Euer Haus nehmen, Herrin? Fahrende Leute? Die fressen Euch doch bloß die Haare vom Kopf, und wahrscheinlich bestehlen sie Euch auch noch!«

Philipp war außer sich vor Empörung und auch ich war einigermaßen erzürnt. Ich und stehlen!

»Halt bloß das Maul, du aufgeblasene Rotznase«, setzte ich aufgebracht an und hätte gern noch einiges hinzugefügt, aber der Engel, die sich inzwischen als Frau Christine entpuppt hatte, schnitt mir das Wort ab.

»Ich will es so, und damit gut«, sagte sie scharf, »und Ihr wisst nicht, was Ihr redet, Stefan!« Sie warf ihm einen Blick zu, der ihn rot werden und schweigen ließ.

»Kommt jetzt bitte, Herr!« Sie bot Philipp ihren Arm und schritt mit ihm voraus.

Mit geballten Fäusten stiefelte Stefan hinterdrein, ich bildete mit der Stute die Nachhut.

Während wir unterwegs waren, hatte ich ausgiebig Gelegenheit, den saugroben Verwalter näher zu betrachten. Er war groß und muskulös, hatte lange schwarze Haare und ein kantiges, aber recht ebenmäßiges Gesicht. Ein ausgemacht stattlicher Kerl! Man brauchte kein großer Menschenkenner zu sein, um zu bemerken, dass er seine Herrin förmlich anbetete.

Na, das konnte ja heiter werden!

Ich sah ausgesprochen skeptisch in die Zukunft, als wir ein großes Haus mit prächtigem Portal erreichten.

»Wir sind da«, verkündete Christine. »Tretet ein und betrachtet mein Haus als das Eure! Stefan wird zur Stadtwache gehen und Eure Meldepflicht aufheben.«

Damit war Philipp also Gast der Christine Schäfflerin, Gewürzhändlerswitwe zu Nürnberg. Und ein Abenteuer begann, das um ein Haar unser letztes gewesen wäre.

Am Anfang schien es, als ob der dicke Möchtegern-Troubadour das große Glück gefunden hätte. Er bekam sofort ein prächtiges Zimmer zugewiesen, wohin ich ihm sein spärliches Gepäck hinterhertragen musste. Kaum hatte er sich mit einem Seufzer des Wohlbehagens auf das Bett plumpsen lassen, brachte eine Magd schon einen Krug Wein und einen Imbiss, wie wir ihn seit Wochen nicht mehr zu uns genommen hatten.

Ohne auf seinen Protestschrei zu achten, schnappte ich mir eine Hähnchenkeule und biss hinein. Ah, war das gut!

»Was fällt dir ein«, tobte Philipp. »Vergiss nicht, dass du deinen Herrn vor dir hast!«

In aller Seelenruhe nagte ich das Fleisch von den Knochen und spülte mit einem Schluck Wein nach.

»Meinen Herrn?«, fragte ich, wandte ihm meine Kehrseite zu und lüftete den Kittel. »Da, schau in den Spiegel, dann weißt du, wen ich vor mir habe!«

Ich bedeckte mich wieder züchtig und fuhr fort: »Ich habe zwar keine Ahnung, warum dir die schöne Christine dermaßen Honig ums Maul schmiert, aber ich gönn's dir. Ich bin auch bereit hübsch bescheiden deinen Diener zu spielen, solang es uns beiden dabei gut geht. Aber übertreib's nicht, sonst lass ich dich sitzen, und zwar für immer, so wahr ich Lorenz heiße!«

Darauf fiel ihm nichts ein und er begnügte sich damit, mich grimmig anzustarren.

In diesem Moment pochte es energisch an die Tür und unser neuer Freund Stefan Schwarz kam herein.

»Meine Herrin schickt mich«, sagte er mit einer ungelenken Verbeugung und funkelte uns dabei wütend an. »Sie bittet Euch, heute Abend beim Essen eine Probe Eurer Kunst zu geben.«

Das Wort »Kunst« sprach er wie ein besonders widerwärtiges Schimpfwort aus, und seinem Gesichtsausdruck nach zu schließen, hätte er der Bitte seiner Gebieterin wohl am liebsten mit einer Mistgabel Nachdruck verliehen.

Philipp merkte davon nichts. »Mit dem größten Vergnügen«, säuselte er, »wenn sie es wünscht, singe ich die ganze Nacht für sie.«

»Oh, das . . . das wird nicht nötig sein«, murmelte der Verwalter und wandte sich an mich. »Du«, schnauzte er, »komm mit, damit ich dir deinen Schlafplatz zeige!«

Ohne sich zu überzeugen, ob ich ihm folge, ging er voraus, durch das weitläufige Haus, über einen gepflasterten Innenhof in den Pferdestall.

Neben einem halben Dutzend anderer Tiere

stand auch unsere Stute darin und kaute zufrieden duftendes Heu, von dem ein ganzer Berg vor ihr auf dem Boden lag.

Nicht weit von ihr befand sich ein kleiner Holzverschlag, mit Stroh und einer schmutzstarrenden Decke ausgelegt. Dorthin führte mich der Verwalter.

»Dein Platz«, verkündete er. »Das Haus betrittst du nur auf ausdrücklichen Befehl!«

Blitzschnell trat er auf mich zu und legte seine langen Finger um meinen Hals, sodass ich heftig nach Luft schnappte.

»Niemand beschimpft mich ungestraft als Rotnase«, knurrte er, »am wenigstens eine stinkende kleine Ratte wie du, verstanden?«

Er drückte so fest zu, dass ich ihm beim besten Willen nicht mitteilen konnte, ob ich verstanden hätte. Soviel ich auch zappelte und mich wand, er hielt eisern fest, und ich spürte förmlich, wie sein Zorn neu aufflammte, anstatt nachzulassen.

Wer weiß, ob er mir nicht den Hals umgedreht hätte wie einem armseligen Suppenhuhn, wenn nicht ein zartes Stimmchen hinter uns erklungen wäre: »Entschuldigung, Herr Stefan, die Herrin sucht Euch, dringend!«

Stefan war für kurze Zeit abgelenkt; ich nutzte die Gelegenheit, um ihm einen kräftigen Fußtritt zu verpassen.

Jetzt schnappte zur Abwechslung er nach Luft. Er gab mich frei und ich brachte mich mit einem gewaltigen Sprung in Sicherheit. Zufrieden beobachtete ich, wie er ziemlich bleichgesichtig auf dem Stallboden herumhüpfte.

Schließlich gab er sich einen Ruck und stand wieder gerade. »Wir sind noch nicht fertig miteinander«, sagte er böse. »Und du schau, dass du weiterkommst, blöde Gans!«

Stöhnend humpelte er hinaus.

Ich rieb mir nachdenklich meinen schmerzenden Hals. Der würde mich nie ins Herz schließen, soviel stand fest.

Dankbar sah ich mich nach meiner Retterin um. Da stand sie und spielte verlegen mit ihrem Schürzenzipfel.

Ich baute mich vor ihr auf und sagte: »Du bist gerade richtig gekommen. Vielen Dank!«

Da hob sie den Kopf, lächelte mich schüchtern an und mir blieb noch mal die Luft weg. Ich vergaß den Engel von vorhin, den gewalttätigen Stefan, den dicken Philipp und überhaupt alles.

Sie war noch ein gutes Stück kleiner als ich, hatte ein reizendes kleines Stupsnäschen und ihr Haar war genauso strubbelig und mausbraun wie meins.

Als sie mich lächelnd anschaute, bemerkte ich, dass sie ein klitzekleines bisschen schielte, so hilflos und so lieb . . . da, wo, glaube ich, mein Herz sitzt, verspürte ich ein schmerzhaftes und dabei äußerst angenehmes Stechen.

Verlegen standen wir uns eine Weile gegenüber, bis mir einfiel, was ich mir als Gefolgsmann eines edlen Ritters und Minnesängers schuldig war.

Ich verneigte mich also höflich und sagte: »Lorenz.«

Erst verstand sie nicht, dann lächelte sie wieder dieses wunderbare Lächeln, das auf mich gerichtet war und gleichzeitig ein wenig an mir vorbei in die Ferne ging, und erwiderte: »Ich heiße Maria.«

»Ist dieser Hohlkopf von Verwalter immer so jähzornig?«, fragte ich und hoffte, dass sie das Beben in meiner Stimme nicht bemerkte.

»Oh ja«, nickte Maria, »und wenn er mich erwischt, haut er mich bestimmt grün und blau. Ich hab nämlich bloß gesagt, dass die Herrin ihn sucht, weil ich dachte, er erwürgt dich sonst.«

War sie nicht lieb?

Rasch zog ich sie in die dunkelste Ecke des Stalls.

»Von hier aus können wir problemlos entwischen«, raunte ich. »Sag mal, er ist wohl schrecklich verliebt in seine Herrin?«

»Das kann man wohl sagen. Er würde alles für sie tun, bestimmt. Sogar jemand umbringen.«

Armer Philipp, dachte ich und forschte weiter: »Und sie? Liebt sie ihn auch?«

»Ich glaub schon. Ganz heimlich. Manchmal streicht sie ihm über den Rücken oder drückt ihn an sich. Wenn sie glaubt, niemand sieht es, verstehst du? Er ist ja nur ein armer Kaufmannsgehilfe, und da sind auch zwei reiche Herren, die ihr den Hof machen, und außerdem ist sie noch in Trauer. Ich glaube, sie kann sich nicht entscheiden, weil sie niemandem weh tun will. Ach, weißt du, sie ist ja so gut!«

Ich hätte sie gern noch viel mehr gefragt, wer denn die zwei Herren waren und warum, wenn sie sich jetzt schon vor Verehrern nicht retten konnte, sie sich auch noch den dicken Philipp ins Haus geholt hatte und so weiter. Denn erstens war ich äußerst wissbegierig und zweitens war es so schön, ihrer sanften Stimme zu lauschen.

Doch als ich gerade ansetzen wollte, betrat ein alter Knecht den Stall. »Maria, bist du hier?«, rief er. Er spähte umher, sah uns in der Ecke hocken und grinste verständnisvoll.

»Du wirst in der Küche gebraucht, Maria«, sagte er und zwinkerte mir zu. »Und du könntest dich da bestimmt auch nützlich machen, mein Junge.«

Ich kann mich nicht erinnern, mich jemals auf dem Weg zur Arbeit beeilt zu haben – diesmal tat ich es. Ich sprang auf und fasste Maria bei der Hand, um ihr beim Aufstehen zu helfen. Sie erlaubte es mir tatsächlich, sie zog ihre Hand nicht weg! Das Stechen in meiner Herzgegend verstärkte sich.

Von diesem Zeitpunkt an hätte ich alles für sie getan, Riesen erdrosselt, Berge versetzt, sogar Minnelieder gesungen. Fürs Erste aber folgte ich ihr in die Küche, wo gerade das Festmahl für den heutigen Abend vorbereitet wurde.

In dem riesigen Raum herrschte eifrige Betriebsamkeit: Mandeln wurden zerstampft, Hühnchen ausgenommen, Äpfel geschält, es wurde gewaschen, geschnitten, geputzt und gehackt, ein Duft aus hunderterlei Düften hing in der Luft, der mir das Wasser im Mund zusammenlaufen ließ. Drei Flammen knisterten und brannten auf der breiten Herdstelle. Über einer stand auf einem Gestell eine große eiserne Pfanne, über der zweiten befand sich ein drehbarer Spieß, über der dritten hing ein gewaltiger Kupferkessel, aus dem es dampfte und brodelte. Neben dem Herd lehnte ein kleiner fülliger Mann an der Wand und musterte das emsige Tun mit wachen Augen. Nichts schien ihm zu entgehen. »Nur ein ausgemachtes Rindvieh streut noch Salz über einen Stockfisch, Otto«, brüllte er. »Elsa, du verfressenes Frauenzimmer, die Rosinen gehören in die Schüssel, nicht in deinen Mund!«

»Das ist Meister Michael, der Küchenmeister«, wisperte Maria.

Niemand nahm ihm seine Grobheit übel, vielmehr schienen ihn alle in ihr Herz geschlossen zu haben. Auch ich mochte ihn sofort, denn als er uns erblickte, winkte er uns zu sich, drückte uns ein Stück Kuchen und einen Becher Mandelmilch in die Hand und meinte: »Vor der Arbeit sollte man sich stärken. Also stärkt euch und dann los! Du kannst die Pastinaken putzen und dann Otto beim Stockfisch helfen, Maria! Und du . . . wie heißt du übrigens?«

»Lorenz«, sagte ich.

»Gut, Lorenz, du wäschst die Schweinsdärme. Aber mach es gründlich!«

Ich verzog das Gesicht. Schweinsdärme waschen, das war nicht gerade das, was ich mir vorgestellt hatte. Andererseits – bei der Verpflegung konnte man schon einiges in Kauf nehmen. Nachdem ich gegessen und getrunken hatte, krempelte ich deshalb die Ärmel auf und machte mich daran, in einem Eimer mit kaltem Wasser die glitschigen Dinger von dem zu reinigen, was die hohen Herrschaften garantiert nicht mitessen wollten.

Zwischendurch beobachtete ich staunend, was da alles gekocht wurde. Ja, das war etwas anderes als in der »Heiligen Kunigunde«, wo der Wirt ein matschiges, unappetitliches Ragout zusammengerührt hatte und man das Fleisch erst mit Essig hatte waschen müssen, damit es nicht allzu sehr stank.

Da wurden Hühner gleich im Dutzend gegrillt, der Meister selbst entbeinte kunstvoll eine Anzahl Milchferkel, um sie dann mit Eiern, Fleisch, Speck, Weißbrot und Gewürzen zu füllen und zu braten; im Kessel waberte ein Brei, der verführerisch nach Honig und Zimt roch. Sogar meine Schweinsdärme, als sie – sauber gewaschen und mit Fleisch,

Weinbeeren und Mandeln gefüllt – in der Pfanne schmurgelten, entfalteten einen äußerst angenehmen Duft.

Ich half beim Füllen der böhmischen Küchlein, begoss die Fasanen, ließ mir vom Meister erklären, wie man die fünf Farben anrührte, mit denen die Hühnchen kunstvoll eingefärbt wurden, und sah ihm einigermaßen verblüfft zu, wie er die große Überraschungspastete zubereitete.

Kurz bevor das köstliche Mahl serviert werden sollte, stürmte Stefan in die Küche; die Folgen meines Fußtritts hatte er offenbar schadlos überwunden. Er hielt einen nagelneuen Kittel in der Hand, den er mir entgegenstreckte.

»Zieh ihn an«, fauchte er, »damit du wenigstens äußerlich nicht mehr einer Ratte gleichst!«

Gehorsam schlüpfte ich aus dem alten; er nahm ihn mit spitzen Fingern und schleuderte ihn ins Feuer. »Fahrendes Pack!«, murmelte er angeekelt. »Und so was lädt sie sich ins Haus!«

Ich nahm ihm das nicht weiter übel. Für einen neuen Kittel kann man sich schon ein paar Unverschämtheiten anhören. Zufrieden schlüpfte ich hinein und freute mich gerade, dass er wie angegossen passte, da ließ mich ein äußerst schmerzhafter Stich in mein Hinterteil einen schrillen Schrei ausstoßen.

Blitzschnell fuhr ich herum und sah, wie der hinterhältige Lump feixend eine Bratengabel mit zwei

Furcht erregenden Zinken beiseite legte und unter dem Gelächter der anderen hoch erhobenen Hauptes davonschritt.

Er hätte sich lieber ducken sollen, denn so traf ihn das rohe Ei, das ich ihm hinterherwarf, genau in den Nacken.

Zufrieden sah ich, wie er die Schultern hochzog, als ihm das Glibberzeug in den Kragen lief, und hatte die Lacher auf meiner Seite.

Der Stich tat zwar ganz schön weh, aber ich fand trotzdem, dass ich auch diese Schlacht für mich entschieden hatte.

Mein Sieg wurde vollkommen, als ich gleich darauf eine kleine Hand in meiner spürte und eine sehr besorgte Maria sagte: »Sei vorsichtig, Lorenz, sonst schlägt er dich noch tot!«

»Dem bin ich über«, behauptete ich kühn, »der ist zwar stark, aber dumm. Mit solchen Leuten habe ich Erfahrung.«

Sie sah mich zweifelnd an. »Lass ihn trotzdem zufrieden«, bat sie.

»Ich ihn? Er lässt ja mich nicht zufrieden!«, sagte ich empört.

In diesem Moment wurde das Zeichen zum Auftragen gegeben.

Maria musste in der Küche bleiben, aber ich durfte mit, weil ich meinen Ritter aufwarten sollte.

In feierlicher Prozession schritten wir, jeder mit einem Tablett in den Händen, ins Speisezimmer, voran der Koch mit den gefüllten Ferkeln, ich bildete das Schlusslicht mit Schüsseln voller Feigen, Honigkuchen und Mandelsulz.

Mir gingen fast die Augen über, als ich die Tafel sah. Sie war lang, ungeheuer lang, und vollkommen mit weißem Linnen bedeckt, das vorne bis auf den Boden hinunterhing. Geschirr und Löffel waren aus Silber, vor jedem Gast schimmerte und blinkte ein Glas. Kostbare Salzgefäße aus Silber und Gold standen über den Tisch verteilt, unzählige Kerzen erhellten den Raum.

Wir luden unsere Last auf kleinen Serviertischen ab und bauten uns dann in tadelloser Haltung vor der freien Seite der Tafel auf.

Inmitten ihrer Gäste, auf einem erhöhten Sitz, thronte Christine. Sie trug ein atemberaubendes schwarzes, mit Gold besticktes Kleid; im Ausschnitt funkelte an einer goldenen Kette ein großer grüner Stein, genau in der Farbe ihrer Augen.

Jetzt erhob sie sich, rückte ihre spitzenbesetzte Haube zurecht und ergriff das Wort.

»Liebe Freunde«, begann sie, »ich habe Euch lange nicht an meiner Tafel begrüßen dürfen, meine tiefe Trauer und die Schicklichkeit verboten es mir. Heute aber ist es auf den Tag genau drei Monate her, dass mein geliebter Gatte in die ewige Ruhe eingegangen ist, und ich habe Euch zu mir gebeten, um sein Andenken zu ehren. Ich tue dies umso lieber, als wir heute einen Ehrengast unter uns haben, den ich besonders herzlich begrüße . . .«

An dieser Stelle wurde sie unterbrochen, denn eine Seitentür ging knarrend auf und herein kam – Stefan.

Christine warf ihm einen tadelnden Blick zu, der ihn zusammenzucken ließ. Armer Kerl, er konnte doch nichts dafür, dass er zu spät kam. Schließlich dauert es seine Zeit, bis man sich von einem zermatschten Ei gesäubert hat . . .

Ich winkte ihm fröhlich zu, als er am unteren Ende der Tafel Platz nahm; er nahm erst keine Notiz von mir, dann drohte er mir verstohlen mit der Faust. Sollte er!

Ich vergaß ihn gleich wieder, denn Christine fuhr fort: »Wie gesagt, ein Ehrengast weilt unter uns. Ich begrüße den edlen Herrn Philipp von Mahlau, den im ganzen Reich hochberühmten Minnesänger!«

Die Gäste applaudierten höflich – Stefan natürlich nicht, wie ich mit einem raschen Seitenblick bemerkte – und Philipp, der an Christines rechter Seite saß, erhob sich, puterrot vor Stolz, und verbeugte sich so tief, als ob er das Tischtuch küssen wollte.

Fast hätte ich Mitleid mit ihm gehabt. »Im ganzen Reich hochberühmt«, es war wirklich zum Lachen! Den Leberfleck am Busen meiner Mutter kannten mehr Leute als ihn! Merkte der dicke Dummkopf denn nicht, wie schäbig sein mottenzerfressener Pelz angesichts all der prächtigen Roben wirkte?

Er merkte es sichtlich nicht, und ich sah ihm an, dass er darauf brannte, endlich mit seinem Minnegeschrei loslegen zu dürfen. Und wem von den Anwesenden er jeden einzelnen seiner dürftigen Verse widmen würde, daran konnte kein Zweifel bestehen, seiner schönen Gastgeberin nämlich, die inzwischen weitersprach: »Lasst mich, edler Herr, Euch wenigstens einige meiner vertrautesten Freunde vorstellen.

Mir zur Linken«, sie deutete auf einen hageren, recht gut aussehenden Burschen Anfang dreißig, mit markanter Adlernase, kurzen schwarzen Haaren und sorgfältig gestutztem Kinnbart, »seht Ihr Herrn Peter Stenglein, einen treuen Freund meines lieben Mannes, Gewürzhändler wie er, der mir in den vergangenen schweren Monaten uneigennützig und hilfreich zur Seite gestanden hat.«

Der so Gelobte nickte verdrossen und wandte sich gleich darauf flüsternd seinem Nachbarn zu, einem schüchternen, unscheinbaren Mann, der ihm so beflissen lauschte, dass er nur ein Untergebener sein konnte.

Christine tat, als ob sie die Ungezogenheit ihres Freundes nicht bemerkte, und wandte sich nach rechts.

»Euer Nachbar, mein Herr, ist der Ratsherr und Tuchhändler Sebald Wicklein, auch er ein Gefährte meines Mannes und mir ein lieber Freund.«

Der liebe Freund hatte ein Gesicht wie ein Lebkuchen. Er grinste geschmeichelt und rutschte von seinem Stuhl, um eine Verbeugung anzudeuten. Ich bemerkte, dass er nicht nur außerordentlich fett, sondern auch sehr klein war, denn als er auf dem Boden stand, reichte er Christine nur bis an die Nase.

»Vergebt mir«, schloss sie, »wenn ich die anderen, die mir heute die Ehre ihrer Anwesenheit gegeben haben, vorerst nicht nenne, denn bis ich fertig wäre, würde das Knurren der Mägen meine Rede übertönen.«

Die Gäste lachten beifällig, und niemand schien gekränkt zu sein, dass er nicht erwähnt wurde. Kein Zweifel, die Frau hatte Charme!

Auf ihr Zeichen hin begann Michael mit dem Tranchieren der Milchferkel, ein anderer zerlegte kunstvoll die Fasanen, ein dritter schnitt die Brüstchen der gefärbten Hühner in mundgerechte Stücke und richtete sie mit den Keulen, Rauken und im Ganzen gedämpften Rübchen zu appetitlichen Mustern auf silbernen Platten an.

Als alles fertig war, trat Michael zu einer riesigen kupfernen Form, die bisher verschlossen geblieben war: Darin befand sich die Überraschungspastete. Mit schwungvoller Geste hob er den Deckel. Piepsend und aufgeregt mit den Flügeln schlagend, flatterte ein Dutzend kleiner Vögel mit vergoldeten Schnäbeln zur Decke.

Die Gäste klatschten begeistert; ich hoffte in ihrem Interesse, dass keins von den Tierchen auf die Füllung der edlen Speise geschissen hatte.

Jetzt ging es ans Servieren und als wohlerzogener Diener ging ich zu meinem Ritter.

»Erlaubt Ihr, edler Herr«, sagte ich und zog ihm seinen Teller weg. Leise raunte ich ihm zu: »Pass auf, Philipp, hier stimmt irgendwas nicht! Warum schmiert sie dir so viel Honig ums Maul?«

Er würdigte mich keiner Antwort. Auch gut! Einigermaßen wütend über den aufgeblasenen Kerl, der seinen wahren Freund so schlecht behandelte, schaufelte ich ihm seinen Teller voll und überlegte, wie ich ihn ärgern konnte. Am liebsten hätte ich ihm ein Milchferkel mit ein paar abgeschnittenen Zehennägel dekoriert, aber ich wusste nicht, wie ich das unbemerkt bewerkstelligen sollte.

Stattdessen griff ich mir eines der bereitliegenden Messer und kratzte mich damit am Kopf – das fiel niemandem auf, das machten alle. Blitzschnell schnitt ich dabei eine dicke Locke aus meinem Schopf, verteilte sie liebevoll auf des edlen Ritters Fleischportion und gab dann reichlich Füllung darüber.

Mit einem ehrerbietigen »Wohl bekomm es Euch, Herr« servierte ich ihm dann seinen Teller und bemerkte mit großer Freude, wie er sich gleich darauf verschluckte und heftig zu husten begann.

»Ist etwas nicht in Ordnung?«, fragte ich mitleidig. Er konnte leider nichts entgegnen, weil er damit beschäftigt war, die Haare von seinem Gaumen zu entfernen. Am Ferkel hatte er deshalb wenig Freude; umso herzhafter langte er dann bei den übrigen Gerichten zu.

Bestimmt weit länger als eine Stunde war ich damit beschäftigt, ihn zu bedienen: Wein einschenken, Speisen vorlegen, Reste entfernen, Waschwasser bringen, Hände trocknen und das Ganze wieder von vorn, bis der Vielfraß endlich satt war.

Die Zeit, während er aß und trank, kaute, schluckte und verdaute, verbrachte ich zum einen damit, mir verstohlen etliche gute Bissen in den Mund zu schieben. Mein neuer Kittel bekam seine ersten Fettflecken und seine Taschen wölbten sich von dem, was ich für Maria auf die Seite schaffte.

Zum anderen beobachtete ich die Gäste. Vielleicht würde mir etwas auffallen, irgendetwas, das mir einen Hinweis darauf liefern würde, warum Christine ausgerechnet meinen lausigen Minnesänger und damit auch mich ins Haus geholt hatte.

Eins war mir bald klar: Maria hatte Recht gehabt, der Mangel an Verehrern konnte es nicht gewesen sein.

Es gab keinen unter den männlichen Anwesenden, der nicht immer wieder bewundernde Blicke auf sie geworfen hätte; vier von ihnen jedoch fixierten sie mit förmlich glühenden Augen: Der junge Peter Stenglein, der kaum etwas aß, so sehr war er damit beschäftigt, sie anzustarren, Stefan, der sie aus der Ferne anhimmelte wie ein liebeskranker Mönch, der so gern möchte und doch nicht darf, der feiste Sebald Wicklein, dem fast die Augäpfel aus dem Kopf zu fallen drohten, während er geistesabwesend Unmengen von Speisen in sich hineinschaufelte.

Und noch einer war da, der sie offenkundig anbetete, Peter Stengleins schüchterner Gehilfe nämlich. Er hielt seine Hand so auffällig unauffällig vor die Augen, dass ich es sofort bemerkte.

Fast dauerte er mich, der arme Hund, denn er hatte eine denkbar schlechte Ausgangsposition, den eigenen Herrn vor der Nase!

Und zu all diesen Verehrern kam nun auch noch der dicke Philipp. Er stierte sie so begehrlich an, dass ich inständig hoffte, er würde sie nicht für eine Art Spanferkel halten und an ihrem Ohr zu nagen beginnen. Etwas Ähnliches hatte er nämlich schon einmal fertig gebracht, damals auf Burg Rothenstein . . . Doch das ist eine andere Geschichte.

Sosehr ich jedenfalls auch Augen und Ohren aufsperrte, eine Erklärung für die seltsame Einladung fand ich nicht.

Nach etlicher Zeit waren alle Speisen vertilgt, das letzte Marzipan war zwischen mahlenden Kiefern (beziehungsweise in meiner Kitteltasche) verschwunden, die letzte Schüssel mit Mandelsulz ausgekratzt.

Christine ließ die Gläser neu füllen und klatschte in die Hände.

»Ich hoffe, verehrte Gäste, liebe Freunde, Euer Hunger ist gestillt. Jetzt sollen Geist und Seele zu ihrem Recht kommen. Herr Ritter«, sie wandte sich mit einem bezaubernden Lächeln an Philipp, »wenn Ihr uns jetzt mit Eurer Kunst erfreuen wollt . . .«

Ich schloss die Augen, denn jetzt kam das Ritual, das ich schon tausendmal hatte mit ansehen müssen: aufstehen, den Wanst an die Tischplatte schieben, damit er nicht auffiel, sich verbeugen, Bewunderung heischend in die Runde blicken, einen Rülpser unterdrücken, mit der Linken schwungvoll durch die blonden Locken fahren, diese dann mit kühnem Schwung des Kopfs nach hinten werfen, die Drehleier ergreifen und loslegen.

Mir schwante auch, was er als Erstes singen würde: sein scheußlichstes Machwerk. Es handelte davon, wie er neben seiner Geliebten lag und vor sich hin jammerte, dass es bald Tag werden würde und er sie dann verlassen müsste. »Tagelied« nannte er es deswegen. Ich fand es nicht nur besonders mies gedichtet, sondern obendrein auch noch höchst albern. Da lag einer bei einer schönen Frau und hatte nichts Besseres zu tun, als sich zu beklagen, dass irgendwann der Morgen käme. Sollte er doch einfach den Tag über im Bett bleiben! Also ich, wenn ich die Frau wäre, ich würde so einen schleunigst rauswerfen, wenn ihm nichts anderes einfiel.

Ich hatte Recht. Er sang das Tagelied.

»Oh weh!
Ob ich noch einmal seh
durch die Nacht schimmern
ihren Leib, so weiß wie Schnee?
Ich könnt vor Sehnsucht wimmern!«

(Ich hätte auch wimmern können, bloß nicht vor Sehnsucht.)

»So lieblich war sein Schein,
ich bildete mir ein,
es könnt der Mond wohl sein.
Da graute der Tag.«

Der Tag graute und mir graute, sieben schier endlose Strophen lang.

Philipp hatte die Welt um sich herum vergessen, er sang nur noch für Christine. Seine Blicke klebten an ihr, sie wiederum hing an seinen Lippen. Nicht einmal die Kaskaden von Spucketröpfchen, die sie regelmäßig trafen – denn sie saß ja direkt neben ihm –, konnten sie in ihrer Bewunderung irre machen.

Was war mit der Frau bloß los?

Hatte der Kummer über den Verlust ihres Gatten ihren Geist verwirrt? Merkte sie nicht, wie langweilig die Melodie, wie schauderhaft die Reime waren? Ich begriff das alles nicht. Umso genauer studierte ich die Reaktionen der anderen Gäste.

Lautstarke Proteste blieben, Gebot der Höflichkeit, selbstverständlich aus. Die meisten starrten mit glasigen Augen vor sich hin. Ein älterer Mann in besonders prunkvoller Kleidung kaute unentwegt, als ob er sich nicht entschließen konnte, ob er die Verse, die ihm durch die Ohren in den Kopf drangen, ausspucken oder doch hinunterwürgen sollte. Ein anderer bohrte selbstvergessen in der Nase, ein dritter schüttete ein Glas Wein nach dem anderen in sich hinein, eine Dame zerrte verzweifelt an ihrem eng geschnürten Kleid.

Peter Stenglein stocherte gleichgültig zwischen seinen Zähnen, Stefan trommelte nervös mit den Fingern auf die Tischplatte.

Nur zwei der Anwesenden waren ganz offenkundig begeistert. Der dicke Sebald und Peter Stengleins schüchterner Gehilfe hörten mit weit aufgerissenem Mund zu, besonders dann, wenn von bloßen Schultern und Schwanenhals die Rede war.

Inzwischen hatte Philipp endlich ausgesungen. Erwartungsvoll hielt er inne, um die Beifallsstürme der begeisterten Zuhörer entgegenzunehmen.

Wie gewöhnlich blieben sie aus. Peinliches Schweigen herrschte, bis Christine in die Hände klatschte und laut: »Bravo, bravo!«, rief. »Großartig!«, traute sich da Sebald zu ergänzen und Peters Geselle fiel ein, ohne sich um die eisige Ablehnung in der Miene seines Herrn zu kümmern: »Wunderbar! Weiter!«

Die restlichen Gäste besannen sich auf ihre gute Erziehung und schlugen pflichtbewusst auf die Tafel, ungefähr so angetan wie ein Benediktinerkonvent, dem der Abt einen zusätzlichen Hungertag verordnet hatte.

Philipp hörte nur, was er hören wollte: »Bravo! Großartig! Wunderbar!«, und vor allem: »Weiter!« Das war ihm Anlass genug, sein ganzes Repertoire abzuspulen, was wirklich eine Leistung war, denn er hatte schon mehr getrunken, als ein Ochse vertragen konnte.

Als er aufhörte, zitterten mir die Knie; von den Gästen, die mir gegenüber das Privileg besaßen, sitzen zu dürfen, hatten die meisten ein erholsames Nickerchen eingelegt.

Endlich, Philipp machte gerade Anstalten, als Zugabe auf seine Frühwerke zurückzugreifen, hatte Christine ein Einsehen, denn sie ließ ihn nicht mehr zu Wort kommen.

»Ich danke Euch, Herr, für die Probe Eurer großartigen Kunst«, sagte sie. »Ich hoffe sehr, dass es mir gelingen wird, Euch zu längerem Bleiben zu bewegen. Und Euch, meinen lieben Freunden, wünsche ich einen guten Heimweg. Auf bald!«

Ein Stöhnen der Erleichterung ging durch die Reihen der Gäste. Für diesmal hatten sie es überstanden. Eilig standen sie auf und verabschiedeten sich.

Der feiste Sebald schüttelte Philipp die Hand.

»Ihr müsst auch einmal bei mir singen. Ihr habt wirklich Talent«, sagte er gönnerhaft. »Das mit den weißen Schultern, wirklich sehr eindrucksvoll!«

Philipp nahm das Lob huldvoll entgegen. Peters Gehilfe schlich mit bleichem Gesicht und aufgeregt um ihn herum, als ob er ihn etwas Dringendes fragen wollte. Der unglückliche Bursche wollte sicher ein paar Ratschläge, um seine Angebetete selbst bedichten zu können. Ich sah ihn direkt vor mir, wie er in seiner Kammer hockte und auf einer Gänsefeder herumkaute.

Aber Philipp war nicht in der Stimmung, sich mit einem so unbedeutenden Menschen abzugeben, und übersah ihn einfach, ebenso wie mich.

Ich verschwand daher in der Küche. Als ich mich noch einmal umdrehte, sah ich ihn, wie er sich tief über die Hand der Gastgeberin beugte und dabei irgendetwas flüsterte, vermutlich eines seiner zweideutigen Komplimente. Und noch etwas bemerkte ich: Sie hörte ihm überhaupt nicht zu, sondern starrte nur abwesend auf sein breites Kreuz. Und der Ausdruck in ihren Augen war ziemlich sorgenvoll.

Ich grübelte noch, als mir Michael, der Koch, auf die Schulter schlug.

»Für einen Anfänger hast du dich gar nicht so dumm angestellt!«, grinste er.

Ich machte mir nicht die Mühe, ihn darüber aufzuklären, dass ich schon mehr Gäste bedient hatte, als er in seinem Leben gesehen hatte, wenn auch nicht so feine.

Er grinste noch immer, als er mit seinem dicken Zeigefinger auf meine ausgebeulten Taschen deutete.

»Du hättest deinen schönen neuen Kittel nicht beschmutzen müssen«, meinte er. »Ich habe genug für dich aufgehoben.» Viel sagend fügte er hinzu: »Und für Maria auch!«

Bei allen Heiligen, war ich so leicht zu durchschauen?

»Nichts für ungut, Meister«, erwiderte ich, »ich bin gewohnt, dass ich für mich selbst sorgen muss.«

»Ist schon in Ordnung. Übrigens . . . wenn du versprichst dich anständig zu benehmen, darfst du in der Küche schlafen, am Herd . . . bei Maria.«

Er schaute mich prüfend an und schüttelte energisch den Kopf. »Bei Maria, habe ich gesagt, nicht mit ihr, verstanden?«

»Selbstverständlich, Meister«, beeilte ich mich zu versichern. Ich musste wirklich lernen meinen Gesichtsausdruck besser zu beherrschen. »Und vielen Dank!«

»Keine Ursache. Jetzt bringst du am besten deinen Herrn ins Bett, denn ich glaube, er ist nicht mehr ganz sicher auf den Beinen.«

Das tat ich. Ich stützte den schwankenden Philipp, der immer noch selig irgendwelche Melodien vor sich hin summte, so gut es meine schwachen Schultern vermochten und geleitete ihn in seine Kammer.

Er ließ sich aufs Bett fallen. »Oh du allerliebste aller Frauen«, brabbelte er und streckte seine Arme nach mir aus.

»Rutsch mir den Buckel runter, alter Säufer«, sagte ich, zog ihm unter Aufbietung aller meiner Kräfte die Stiefel von den Füßen und ließ ihn allein.

Zurück in der Küche, half ich beim Aufräumen, denn je eher dort alles wieder in Ordnung war, desto länger würde die Nacht dauern.

Später hockten Maria und ich nebeneinander an der warmen Ofenwand und tafelten nicht viel schlechter als die feinen Herrschaften, aber ganz ohne Minnesang, und das war entschieden ein Vorteil. Ich kann mich nicht erinnern, mich jemals vorher so wohl gefühlt zu haben.

Nach dem Essen erzählte mir Maria ihr Leben. Es war keine sehr lange Geschichte. Sie war in etwa so alt wie ich, ihren genauen Geburtstag kannte sie freilich ebenso wenig wie ich den meinen; auch unsere Väter hatten manches gemeinsam: Name, Stand und Aufenthalt unbekannt.

Ihre Mutter war Küchenmagd in der Familie von Christines Mann gewesen und schon lange tot. Seitdem sie sieben oder acht Jahre alt war, diente sie selbst in der Küche, ganz unten in der strengen

Rangfolge des Personals, unscheinbar und mausbraun. Sie hätte Lorenzia heißen können.

Heute aber spielte unser Stand keine Rolle. Wir fühlten uns wie König und Königin, und unser Reich war die Nacht, in der es egal ist, ob man einen Kittel oder ein seidenes Gewand trägt. Satt und zufrieden kuschelten wir uns auf dem warmen Boden aneinander. Lange Zeit lagen wir wach, hielten uns an den Händen und träumten mit offenen Augen, bis wir endlich einschliefen.

Am Morgen nach dem ersten Hahnenschrei war die selige Zeit vorbei. Ich erwachte davon, dass mich jemand ziemlich unsanft in den Hintern trat. Schlaftrunken hob ich den Kopf. Vor mir stand eine Magd, die Hände in die Hüften gestemmt, und funkelte mich böse an.

»Wenn der Herr sich dann erheben würde«, zischte sie, »damit die niederen Stände an die Arbeit gehen können?«

Ich rappelte mich seufzend auf. Aus dem König der Nacht war wieder der gute, alte Lorenz geworden, den jede zwiebelstinkende Dienstmagd ungestraft in den Hintern treten durfte.

Maria hockte schon mit schuldbewusstem Gesichtsausdruck am Herd und schürte dort das Feuer mit harzigen Spänen.

Ich bückte mich zu ihr nieder und half ihr.

»Guten Morgen«, raunte ich, »ich freu mich schon auf heute Nacht!«

Sie wurde rot, lächelte schüchtern – und in der Küche ging strahlend die Sonne auf.

In Windeseile erledigte ich alles, was mir aufgetragen wurde, Holz hacken, Wasser holen, Bier fürs

Frühstück herbeischaffen, und ging dann den berühmten Minnesänger wecken.

Er lag unter einem Berg Decken und schnarchte, dass der Baldachin über dem Bett bebte. Als ich mich über ihn beugte, um ihn wachzurütteln, wurde ich ganz benommen von dem Weindunst, den er ausströmte.

Mein Gott, musste der gesoffen haben! Mein Rütteln beeindruckte ihn zunächst überhaupt nicht. Erst als ich ihm zusätzlich Mund und Nase zuhielt, geruhte er zu erwachen.

»Was willst du, widerliche Wanze?«, grunzte er. »Lass mich gefälligst schlafen!«

»Wie du wünschst«, flötete ich. »Ich dachte nur, du wolltest vielleicht Frühstück . . . kühles Bier, frisch gebackenes Brot, Äpfel, Honig, Schinken und Käse . . . aber schlaf ruhig weiter!«

Bei dem Wort »Frühstück« wurde er schlagartig wach. »Warum sagst du das nicht gleich?« Er stand ächzend auf und fuhr sich durch die blonde Lockenpracht. Dann streckte er sich genüsslich.

»Hab ich es dir nicht prophezeit? In der Stadt, da weiß man meine Kunst zu würdigen!«

»Aber merkst du denn nicht . . .«, begann ich, doch er ließ mich nicht ausreden, sondern schnaubte: »Verschone mich mit deinen kleinlichen Bedenken! Hast du nicht gesehen, wie die Leute an meinen Lippen hingen? Wie sie von meinen Liedern hingerissen waren? Und *sie*«, er verdrehte die Augen und schnalzte mit der Zunge, sodass außer Frage stand, wer mit *sie* gemeint war, »sie war fast zu Tränen gerührt, hast du das gemerkt?«

Er blähte seinen Brustkorb auf und stolzierte im Zimmer auf und ab. »Ich sage dir etwas«, fuhr er mit gesenkter Stimme fort, »sie hat sich in mich verliebt. Dafür hab ich ein untrügliches Gespür. Ich werde hier mein Glück machen, mein Sohn – und du mit mir.«

Er legte mir väterlich einen Arm um die Schulter und blies mir seinen Weinatem ins Gesicht.

Mir drehte sich fast der Magen um, deshalb schob ich ihn unsanft zur Seite.

»Komm zu dir, du Einfaltspinsel«, brummte ich ärgerlich. »Du denkst schon wieder mit dem Inhalt deiner Hose statt mit dem Kopf. Glaubst du im Ernst, sie verliebt sich in einen heruntergekommenen Dickwanst wie dich, bloß weil sie auf dem Marktplatz dein jämmerliches Gesinge gehört hat? Da steckt etwas anderes dahinter. Ich weiß zwar noch nicht, was, aber ich werde es schon noch herauskriegen!«

Seine väterlichen Gefühle waren wie weggeblasen.

»Schweig, du Laus«, donnerte er, »du Miesmacher, du kleiner Geist, du Knechtseele! Was weißt du von erhabenen Gefühlen? Verschwinde in die Küche, da kannst du den Schaben und den Mäusen deine Bedenken vortragen – falls sie bereit sind dir zuzuhören!«

Wieder einmal zog ich in Erwägung, dem aufgeblasenen Ochsenfrosch irgendetwas Schweres an den Kopf zu werfen und meiner Wege zu gehen. Nur die Tatsache, dass es in der Küche nicht nur Schaben und Mäuse, sondern auch reichlich gutes Essen und die kleine Maria gab, hielt mich für den Augenblick davon ab. Meine Stunde würde schon noch kommen!

Grollend richtete ich das Bett, während der gnädige Herr sich aufmachte sein Frühstück einzunehmen.

Wenig später überbrachte mir die Magd seinen Befehl, mich im Speisezimmer einzufinden und ihm aufzuwarten. Herr im Himmel, er begann mir wirklich lästig zu werden!

Er saß am Tisch und stopfte sich gerade eine dicke Scheibe Schinken in den Mund. Wozu brauchte er einen Aufwärter? Sollte ich ihm beim Kauen helfen?

Erst jetzt bemerkte ich, dass noch jemand im Raum war: Auf einer Truhe an der Wand hockte Stefan, der Verwalter, und kaute verdrossen auf einem Kanten Brot herum. Ab und zu warf er Philipp einen Blick zu, der so voller Abscheu war, dass ich regelrecht erschrak. Vor dem mussten wir uns wirklich in Acht nehmen!

Philipp winkte mich zu sich.

»Hab ein Auge auf den Kerl«, murmelte er. »Er ist gewalttätig, und es wäre mir sehr peinlich, ihn im Haus meiner Gastgeberin in seine Schranken weisen zu müssen.«

Ach, daher wehte der Wind! Deshalb hatte ich kommen müssen. Philipp hatte wieder einmal Angst, Prügel zu beziehen!

Nun, mir war es recht, so konnte ich wenigstens in Ruhe frühstücken. Ohne Umstände ließ ich mich nieder, bediente mich von dem Schinken und nahm einen kräftigen Schluck Bier aus Philipps Krug, was er mit bitterböser Miene, aber schweigend zur Kenntnis nahm.

Plötzlich sprang er auf, seine Kiefer erstarrten mitten in ihrer mahlenden Bewegung und er verneigte sich tief. Christine hatte den Raum betreten.

Sie trug ein dunkelblaues Samtkleid mit schwarzem Besatz und eine schwarze Haube, aus der ihre dunklen Locken hervorquollen und ihr Engelsgesicht umrahmten. Sie sah einfach atemberaubend aus, das musste ich zugeben, wenn auch nicht gerade wie eine trauernde Witwe. Neben ihr würde sich meine arme Maria ausnehmen wie ein abgegriffener Heller neben einem Florentiner Goldstück.

Trotzdem, mich ließen ihre Reize eher kalt. Ich hatte mein Herz seit gestern verschenkt, und außerdem hielt ich es für reine Zeitverschwendung, eine solch unerreichbare Schönheit anzuhimmeln.

Eher hätte man sich in die Muttergottes verlieben können, die erhörte wenigstens ab und zu ein Gebet.

Philipp sah das natürlich ganz anders und war wegen seiner vollen Backen ziemlich in Verlegenheit. Er kaute hastig wie ein Kaninchen und bemühte sich, puterrot vor Anstrengung, den Schinken möglichst schnell hinunterzuwürgen. Er hatte eben wieder einmal den Mund zu voll genommen!

Sie ging höflich darüber hinweg und begrüßte ihn äußerst zuvorkommend.

»Guten Morgen, Herr Ritter. Habt Ihr gut geruht? Ist alles zu Eurer Zufriedenheit?«

Er gurgelte zwischen zwei Schluckbewegungen irgendetwas Undeutliches hervor, dann war sein Mund endlich leer.

»Zu Euren Diensten, edle Dame«, brachte er mühsam heraus

Lächelnd bat sie ihn wieder Platz zu nehmen und setzte sich ihm gegenüber.

Mir – ich war aufgestanden und hatte mich taktvoll zurückgezogen – schenkte sie so viel Beachtung wie einem Sprengsel Fliegendreck an der Fensterscheibe, nämlich gar keine, und auch Stefan schien sie zu übersehen. Schien, sage ich, denn ich hatte sehr wohl den Blick voll heimlichen Einverständnisses gesehen, den sie beim Betreten des Raums mit ihm gewechselt hatte.

Die Frau wurde mir immer rätselhafter . . .

Sie frühstückte mit Philipp, als ob sie nichts Besseres vorhätte, plauderte munter drauflos, fragte ihn nach seiner Herkunft, den Stationen seines Künstlerlebens und seinen Plänen für die Zukunft.

Er tischte ihr Lügenmärchen auf, die noch dreister waren als üblich, und wandte die Augen nicht von ihr. Augen, die verdächtig glänzten, so als ob er schon wieder besoffen wäre. Und das war er ja wohl auch, allerdings nicht von dem bisschen Dünnbier, das er zu sich genommen hatte.

So bemerkte er auch die polternden Schritte draußen auf der Treppe nicht, im Gegensatz zu Christine, die voller Schrecken zur Tür starrte.

Ein Diener kam hereingestürmt, rannte auf Christine zu, hielt sich nicht mit einem Gruß auf, sondern stieß hervor: »Das Lager, Herrin, schon wieder hat jemand eingebrochen, es ist . . . es ist . . .« Er rang nach Worten.

Mit dumpfem Krach zerbarst ein Krug auf den Boden. Stefan war hastig aufgesprungen und eilte herbei.

»Was ist los?«, schnauzte er den Mann an. »Stottere nicht herum, du Trottel, sag gefälligst genau, was los ist! Ist was gestohlen? Rede oder ich dreh dir den Hals um!«

»Nicht direkt . . . ich mein, ich hab nicht nachgeschaut«, jammerte der Bursche, »ich glaub eigentlich nicht. Aber . . .«

Falls er noch etwas sagen wollte, hinderte ihn die

Maulschelle, die ihm Stefan versetzte, nachhaltig daran. Gleich darauf war der Verwalter zur Tür hinausgeeilt.

Christine hockte wie ein Häufchen Elend auf ihrem Stuhl, die Hände vors Gesicht geschlagen. »Das zweite Mal«, weinte sie, »das zweite Mal, dass jemand in mein Lager einbricht und mich bestiehlt. Wer ist es, der mich so hasst, dass er mich ruinieren will?«

Philipp versuchte sie zu trösten. »Sagt mir, wer Euch so etwas antut, edle Frau, und wahrlich, Philipp von Mahlaus Zorn wird ihn in den Staub werfen!«

Christine merkte nicht, dass das ein ziemlich sinnloses Angebot war, solange sie den Übeltäter nicht benennen konnte. Sie richtete sich auf und ließ die Hände sinken. Dicke Tränen kullerten aus ihren Augen über ihr bleiches Gesicht und machten es noch schöner.

»Ihr wollt mir wirklich helfen, Herr Ritter?«, flüsterte sie und legte eine Hand auf die seine.

Philipp schmolz dahin wie Ziegenkäse in der Pfanne.

»Was immer Ihr verlangt, ich werde es tun«, gelobte er inbrünstig. »Wer für die Tränen in diesen schönen Augen verantwortlich ist, der soll mein Schwert zu kosten bekommen, so wahr mir Gott helfe!«

Der alte Angeber, er hatte überhaupt kein

Schwert, bloß ein schartiges Messer, das er zum Essen und zum Säubern seiner Nägel benutzte!

Christine warf ihm einen Blick voll rührender Dankbarkeit zu.

»So begleitet mich«, bat sie.

Philipp erhob sich und winkte mir. »Du kommst mit«, befahl er.

Das tat ich nur zu gern, denn ich platzte fast vor Neugier.

Wir gingen hinunter ins Erdgeschoss und überquerten den Hof, bis wir einen Seitenflügel des Anwesens erreichten, in dem sich das Lager befand.

Stefan stand schon vor der großen Doppeltür, hielt einen Mann am Kragen und schüttelte ihn.

»Wie konnte das passieren, du Holzkopf?«, brüllte er. »Warum glaubst du, hab ich dich hier als Wächter postiert?«

Wieder schüttelte er ihn so heftig, dass dem Ärmsten der Kopf wackelte. »Was kann ich denn dafür?«, lamentierte der. »Ich hab eins über den Schädel bekommen, und als ich wieder zu mir kam, war ich gefesselt und geknebelt und hatte eine Binde über den Augen!«

»Du bist auch so taub und blind, du hirnloser Mehlsack!«, zischte Stefan und stieß ihn grob beiseite.

»Wer immer das war, er versteht sein mieses Handwerk«, erklärte er, zu Christine gewandt. »Schaut her!«

Er deutete auf das große Vorhängeschloss, das sauber durchgefeilt war, und zog an dem schweren Riegel. Er glitt völlig lautlos zurück. »Er muss eine erstklassige Feile gehabt haben und den Riegel hat er gründlich geschmiert.«

»Aber der Hund?«, fragte Christine. »Warum hat der Hund nicht gebellt?«

Stefan wies mit dem Daumen auf die Kette mit dem leeren Halsband, die sich auf dem Boden kringelte.

»Der Hund ist tot«, sagte er knapp. »Vergiftet. Ich hab ihn schon wegschaffen lassen, um Euch den Anblick zu ersparen.«

Christine schauderte. Sie sah so elend aus, dass sie mir richtig Leid tat. Schwer stützte sie sich auf Philipps Arm, doch ihre Stimme klang gefasst, als sie sagte: »Gehen wir hinein!«

Stefans Miene verfinsterte sich, als er die beiden so eng beieinander sah. Wortlos riss er die Tür auf und schritt voran. Wir anderen gingen ihm voll banger Erwartung hinterher.

Zunächst sahen wir gar nichts, denn der Raum hatte nur schmale, hoch gelegene Fenster und war ziemlich düster. Dafür rochen wir umso mehr.

Eigentlich hätte der Duft von Nelken und Koriander, Zimt und Kümmel unsere Nasen umwehen müssen. Stattdessen wurden sie von einem üblen Gestank beleidigt. Es roch nach etwas, für das man wahrhaftig keine Schiffe in ferne Länder schicken muss, sondern das man reichlich in jedem Haus findet, bei Hoch und Niedrig, Arm und Reich, nach Jauche nämlich.

»Heilige Jungfrau, hilf!«, hauchte Christine. Sie wäre wohl zusammengesunken, wenn ihr Philipp nicht seinen Arm um die Hüfte gelegt hätte.

Das war mehr, als Stefan ertragen konnte.

»Es ist nicht etwa Euer verehrter Gast, der so stinkt«, knurrte er.

»Was erlaubt Ihr Euch, hergelaufener Bastard!« Philipp löste sich von Christine und machte einen drohenden Schritt auf Stefan zu.

Ein freudiges Lächeln glitt über das Gesicht des Gehilfen. »Komm nur her, Dicker«, rief er und hob kampfbereit die Fäuste.

Philip wich schleunigst wieder zurück. Wer weiß, vielleicht hätte er sich trotzdem eine saftige Ohrfeige eingefangen – ich hätte sie ihm von Herzen gegönnt –, aber Christine trat zwischen die beiden Rivalen um ihre Gunst.

»Bitte streitet Euch nicht, meine Herren«, bat sie leise. »Wir wollen lieber den Schaden begutachten.«

Während wir langsam durch das Lager gingen, gewöhnten sich unsere Augen an das Halbdunkel.

Tatsächlich sah alles ganz normal aus, nichts schien beschädigt zu sein. Auf dem Boden und auf hohen hölzernen Gestellen türmten sich Fässer, Säcke und strohumhüllte Ballen. Prüfend liefen Stefan und Christine hin und her, schnüffelten hier und schnupperten dort.

»Die Nelken!«, schrie Stefan, »die Nelken sind verpestet!«

»Dafür ist die Minze unversehrt«, stellte Christine fest und fügte bitter hinzu: »Die kostet ja auch nicht viel!« Sie öffnete eines der Fässer. »Auch das Salz scheint nicht angetastet worden zu sein.«

Plötzlich weiteten sich ihre Augen, ein fürchterlicher Verdacht schien ihr zu kommen. Sie rannte, so schnell es ihr Kleid erlaubte, in den hintersten Winkel des Lagers. Gleich darauf hörten wir sie verzweifelt aufstöhnen. Wir eilten ihr nach.

Sie kniete auf dem Boden und deutete auf einige Säcke neben sich.

»Wer war das?«, stammelte sie. »Welcher Teufel in Menschengestalt bringt eine solche Gemeinheit fertig?«

Sie barg ihr Gesicht in einem der Säcke, ohne auf den fürchterlichen Gestank zu achten, der ihm entströmte, und schluchzte hemmungslos.

»Beruhigt Euch, Frau Christine«, sagte Philipp, »ich bitte Euch! Nichts Irdisches kann die Verzweiflung eines Engels wert sein!«

»Ach halt doch endlich dein sabberndes Maul«, fuhr Stefan ihn an und kniete sich neben Christine. »Der Safran?«, fragte er knapp.

Sie hob den Kopf und nickte. »Ja, der Safran«, flüsterte sie. »Das kostbarste, das edelste, das teuerste aller Gewürze, Safran, das Gewürz der Könige!«

Erneut übermannte sie die Verzweiflung.

Selbst Philipp war hilflos angesichts solchen Kummers.

»Ist Euer Verlust groß?«, erkundigte er sich darum wenig taktvoll.

»Frag nicht so dumm«, schnappte Stefan. »Allein dieser Sack ist seine 70 bis 80 Gulden wert. Damit kann man zehn von deiner Sorte kaufen und noch ein Dutzend Schweine dazu!«

Philipps Gesicht nahm die Farbe von roten Rüben an, doch Christine legte sich erneut ins Mittel.

»Bitte, Stefan, hört jetzt endlich auf damit!«, sagte sie unerwartet scharf. Ihre Tränen waren versiegt, sie hatte ihre Fassung wiedergewonnen. »Kümmert Euch lieber darum, dass der Schaden behoben wird! Lasst alles, was verdorben ist, hinausschaffen und verbrennen! Dann muss gelüftet werden, auf dem Boden lasst Essigwasser verspritzen. Sorgt außerdem dafür, dass stark riechende Kräuter verbrannt werden. Los, macht schon! Das ist sicher sinnvoller, als hier herumzustehen und meinen Gast zu beschimpfen!«

Beleidigt machte sich Stefan davon.

Kaum war er verschwunden, erhob sich Christine und warf sich Philipp an die Brust.

»Ihr müsst mir helfen, mein Freund«, flehte sie und ihre Tränen flossen wieder reichlich. »Ihr seid meine letzte Hoffnung!«

»Ich helfe Euch, und wenn ich geradewegs in die

Hölle marschieren müsste«, schwor Philipp. Er hatte beide Arme um sie gelegt, seine Rechte glitt sanft über ihren Rücken, in die gefährliche Nähe einer Stelle, an der die Hand eines Kavaliers bei einer Dame, die er noch keinen Tag lang kannte, absolut nichts zu suchen hatte.

Zum zweiten Mal an diesem Tag rechnete ich damit, dass er eine verpasst bekäme, und wieder wurde ich enttäuscht.

Die schöne Witwe klammerte sich nur noch enger an ihn. Sie seufzte noch einmal tief und sagte dann mit tapferem Lächeln: »Oh, Herr Philipp, in die Hölle müsst Ihr nicht für mich gehen, nur ein paar Nächte hier im Lager wachen.«

Philipp zog seine Hände so schnell zurück, als ob er sie verbrannt hätte. »Wachen?«, fragte er entsetzt. »Nachts? Allein? Hier? Ich?«

Ich musste grinsen, denn ich wusste genau, was er jetzt vor sich sah: Sein kostbares Ich in Jauche getunkt , erwürgt, erstochen, zerstückelt – die Hölle wäre ihm jedenfalls lieber gewesen, denn auf dem Weg dorthin hätte er sich noch aus dem Staub machen können.

Christines Miene wurde eisig. »Dieser kleine Dienst scheint Euch zu viel zu sein«, sagte sie mit einer Stimme, scharf wie ein Bratenmesser. »All Eure Beteuerungen waren also nichts als leere Worte?«

»Aber nein, Frau Christine!« Philipp trat vor Verlegenheit von einem Bein aufs andere. »Ich würde mit Freuden mein Leben für Euch geben, das wisst Ihr doch. Nur . . .«, er suchte nach Worten, »gibt es nicht Berufenere für diesen Dienst? Euren tüchtigen Verwalter? Eure sonstigen Diener?«

»Nein, Herr Ritter.« Das Eis in ihrer Miene schmolz. »Weiß ich denn, ob nicht einer von ihnen mit dem Verbrecher unter einer Decke steckt? Nein, ich kann niemandem trauen. Nur Euch, mein Freund, das glaubte ich zu spüren. Und jetzt wollt Ihr mich so grausam enttäuschen?«

»Niemals, edle Frau!« Philipp wand sich wie ein Regenwurm und ich zerplatzte schier vor heimlicher Schadenfreude.

»Aber die städtischen Büttel?« Er versuchte es noch einmal. »Die Männer des Schultheißen?«

»Die sind alle bestechlich«, entgegnete sie kalt. »Also wollt Ihr nun oder nicht?«

Ich konnte es nicht mehr mit ansehen. Der Feigling war im Stande, die vollen Fleischtöpfe zu riskieren!

»Beruhigt Euch, Herrin«, sagte ich und kam näher. »Eure Sache liegt bei meinem Ritter in den besten Händen. Er ist fest entschlossen den Übeltäter zu fassen. Er möchte nur nicht, dass jemand anders ihn um die Gunst beneidet, Euch einen Gefallen erweisen zu dürfen.«

Bildete ich es mir vielleicht nur ein oder lag in dem kurzen Blick, den sie mir zuwarf, tatsächlich so etwas wie Dankbarkeit?

»Ihr werdet mir also helfen«, stellte sie fest.

Da blieb dem feigen, dicken Ritter nichts anderes übrig, als sich zu verneigen und ein halbherziges »zu Euren Diensten, Frau Christine« zu murmeln.

Wie ihre schönen Augen da strahlten! »Gott segne Euch, Herr Ritter!«, rief sie. »Ihr nehmt mir eine ungeheure Last von den Schultern!«

»Sollen wir . . . gleich heute Nacht . . .?«, erkundigte sich Philipp zögernd.

Sie schüttelte den Kopf. »Nein, nicht heute. Der Lump, der das getan hat, wird warten, bis wir alle Schäden beseitigt und alle Vorräte ergänzt haben, bevor er erneut zuschlägt. Nichts soll uns außerdem den heutigen Abend verderben, an dem ich noch einmal ein Fest geben will, um Eure Kunst zu feiern, Herr! Erst morgen, denke ich, solltet Ihr mit Eurer Wache beginnen.«

Philipp atmete erleichtert aus. Wie bei allen Hasenfüßen wuchs sein Mut mit der Frist, die ihm blieb, bis er ihn beweisen musste. Und die Aussicht, eine weitere Gelegenheit zum Singen zu bekommen, beflügelte ihn zusätzlich.

»Ich werde den Schuft zermalmen«, rief er und schlug sich an die Brust, »und wenn es der böse Feind höchstpersönlich wäre!«

»Dann wollen wir unseren Bund besiegeln«, schloss Christine feierlich. Sie trat vor ihn hin, reckte sich auf die Zehenspitzen und küsste ihn sanft auf die Lippen. »Ich danke Euch, mein Ritter!

Seid mein Gast, solange es Euch beliebt. Und Euer Bursche«, sie nickte mir fast wohlwollend zu, »mag Euch weiterhin aufwarten. Von allen anderen Diensten ist er befreit.«

Mit diesen Worten schwebte sie davon, vom Schicksal schwer getroffen, aber ungebeugt.

Eine Zeit lang stand Philipp schweigend da und genoss den Nachgeschmack der Süßigkeit, die ihm soeben zuteil geworden war. Dann fiel ihm plötzlich die harte Wirklichkeit wieder ein.

»Hast du den Verstand verloren?«, schnauzte er mich an. »Mit deinem vorlauten Maul hast du mein Leben aufs Spiel gesetzt!«

»Du bist es, der seinen Verstand verloren hat«, gab ich kühl zurück. »Denk an das köstliche Essen, an dein weiches Bett, an die Zärtlichkeiten, die dich noch erwarten!« Dass auch ich in dieser Beziehung begründete Hoffnungen hatte, brauchte er nicht zu wissen. »Willst du das alles aufs Spiel setzen, nur weil du Angst hast, hier ein paar Nächte zu verbringen? Hier ist es trocken, wir kriegen Wein und Essen, so viel wir wollen, und zu zweit werden wir ja wohl einen lausigen Dieb verjagen können! Fassen müssen wir ihn schließlich nicht, wir haben eben einfach Pech und er entwischte uns. Stell dich nicht so an!«

Als er hörte, dass ich »wir« gesagt hatte, beruhigte er sich schlagartig. »Du hast Recht, mein Sohn«, sagte er versöhnlich und fuhr sich energisch über die Lippen, »und für heute Abend werde ich ein Lied schreiben, ein Lied, sage ich dir, ich habe es schon fast im Kopf.« Sein Blick wurde verträumt. »Und danach . . .«

In diesem Augenblick hörten wir Stefan mit seinen Gehilfen kommen – Grund genug, die jauchedüftende Stätte zu verlassen. Wir gingen ins Haus zurück, Philipp in seine Kammer, um zu dichten, ich in die Küche – zu Maria und den vollen Töpfen.

Am Abend gab es ein ähnlich wunderbares Essen wie tags zuvor; die Zahl der Gäste war allerdings geringer; Peter Stenglein und Sebald Wicklein waren da, Stefan und noch ein paar andere, deren Namen, sofern ich sie jemals wusste, ich inzwischen vergessen habe.

Später durfte Philipp wieder zur Drehleier greifen und singen. Er tat es mit besonderer Inbrunst, als ob er geahnt hätte, dass es für längere Zeit das letzte Mal gewesen sein sollte. Und als krönenden Abschluss trug er sein neuestes Lied vor, das gerade erst seinem übervollen Herzen entquollen war:

Ich will von meiner Liebe singen
und jubeln wie ein ganzer Chor,
es muss bis in den Himmel dringen,
dass heute ich mein Herz verlor
an dich, du Allerschönste mein.
Du sollst, ach bitte, sag nicht nein,
der Safran meiner Seele sein,
taraturituridei,
der Safran meiner Seele sein.

Bei allen Heiligen, damit hatte er sich selbst übertroffen! Der Safran seiner Seele, welch ein wohlriechendes Bild! Und soweit ich das beurteilen konnte, war kein einziger unsauberer Reim dabei. Es musste ihn wirklich gehörig erwischt haben. Dafür sprach auch, dass das ganze Lied sage und schreibe neun Strophen umfasste, in denen das königliche Gewürz und die reizende Christine in allen Variationen vorkamen.

Als er geendet hatte, spendeten die Zuhörer reichlich Applaus, tatsächlich, die Hausherrin, soeben zum Safran einer sehnsuchtsvollen Seele ernannt, hauchte: »Ich danke Euch tausendmal. Das ist das Großartigste, was ich je gehört habe.«

Philipp war völlig aus dem Häuschen vor Stolz. Wie man sich denken kann, wurde das Safranlied fester Bestandteil seines Repertoires, und während all der Jahre, die wir noch zusammen durch die Lande zogen, hab ich mir unzählige Male anhören müssen: »Weißt du noch, damals in Nürnberg? Die Frau hat meine Kunst richtig eingeschätzt: ›Das ist das Großartigste, was ich je gehört habe.‹«

Falls er sich freilich an diesem Abend für seine Darbietung noch eine Belohnung erwartet hatte, wurde er arg enttäuscht. Christine kümmerte sich nämlich nicht weiter um ihn, sondern erzählte, dass nun schon zum zweiten Mal in ihrem Lager eingebrochen worden sei.

Die Gäste waren bestürzt. Besonders der dicke Sebald Wichlein regte sich sichtlich auf. Sein Lebkuchengesicht war ganz bleich, als er feststellte: »Heilige Jungfrau, vor diesen Verbrechern ist ja niemand sicher! Vielleicht suchen sie heute Nacht mich heim? Man muss Wachen aufstellen!«

Bekümmert sah er Christine an. »Es tut mir so Leid für Euch! Ich bin gern bereit Euch mit meinen Vorräten auszuhelfen, wenn es nötig ist. Aber wie wollt Ihr den üblen Gestank beseitigen?«

Christine seufzte tief. »Ich weiß es nicht . . . wir probieren es mit Essig und Räucherungen . . . Habt Ihr vielleicht eine bessere Idee?«

Sebald schüttelte traurig den Kopf. »Leider nicht . . . Aber für die Zukunft braucht Ihr einen Mann, der Euch schützt. Ihr könnt auf mich zählen!«

»Das weiß ich«, sagte Christine, »und ich bin Euch zutiefst dankbar dafür!«

Sie bat das leidige Thema zu wechseln, und der Rest des Abends verging mit angeregter Unterhaltung. Nur Philipp und Stefan saßen schweigend und mit zusammengekniffenen Lippen da, denn ihre Angebetete entwickelte ein auffallendes Interesse für ihren Nachbarn zur Linken, Peter Stenglein. Sie sprach fast nur mit ihm, lachte über jeden Scherz, den er machte, auch wenn er noch so dürftig war, und als ich einmal – rein zufällig natürlich – Philipps Glas fallen ließ und zum Aufsammeln der

Scherben das Tischtuch ein wenig lüftete, sah ich, dass sie ihr Knie fest gegen das Peters presste.

Als alle Gäste sich verabschiedet hatten, erhob sich als letzter auch Philipp, mürrisch und beleidigt, und bot der Hausherrin einen knappen Gutenachtgruß. Da schmiegte sie sich plötzlich wieder an ihn, ihre grünen Augen strahlten und sie sagte: »Habt Geduld, Herr! Fangt mir den Übeltäter und der verdiente Lohn wird Euch zuteil werden.«

Mochte der Teufel diese Frau verstehen, ich tat es nicht! Kopfschüttelnd ging ich in die Küche, um mit Maria meinen Anteil am Festmahl zu verspeisen.

Obwohl ich, als wir an unserem Platz vor dem Ofen lagen, von Maria einen Kuss bekam, einen Kuss, der süßer war als Michaels Mandelkuchen, konnte ich lange nicht schlafen. Ich rätselte die halbe Nacht herum, warum wir nun eigentlich hier waren. Liebte Christine meinen dicken Ritter? War sie wirklich auf seinen Schutz angewiesen, weil sie niemandem trauen konnte? Wer war der Kerl, der ihr so großen Schaden zufügte? Warum tat er es? Würde er noch einmal zuschlagen?

Viele Fragen, und auf keine hatte ich eine Antwort gefunden, als ich endlich einschlief.

Am Abend des folgenden Tages, als es richtig dunkel geworden war, geleitete uns Christine in aller Heimlichkeit zum Lager, damit wir unsere nächtliche Wache antreten konnten.

Wir waren mit Laternen, Stricken und handlichen Knüppeln aus solidem Eichenholz ausgerüstet und hatten eine Ration an erstklassigen Speisen mitbekommen, die für ein ganzes Heer ausgereicht hätte. Die Hausherrin selbst überreichte uns noch einen großen Krug, aus dem es verführerisch duftete.

»Gewürzter Wein«, erklärte sie, »damit Euch die Zeit nicht lang wird.« Sie wollte gerade zu der längeren Dankesrede ansetzen, als sich hastige Schritte näherten und eine energische Stimme sagte: »Ich bleibe auch hier. Wenn Ihr schon meint, dass Ihr die Mäuse den Käse bewachen lassen müsst, dann werde ich die Katze spielen.«

Unser Freund Stefan war es, der da sein Misstrauen so deutlich äußerte. Na, ich hatte nichts dagegen, dass er die Nacht über bei uns blieb. Denn jetzt, als es ernst wurde, war mir, ehrlich gesagt, doch etwas mulmig zu Mute, und Philipp, der hatte die letzte Stunde auf der Latrine verbracht vor lauter Angst. Wir hätten also Stefans kräftige Faust gut gebrauchen können.

Aber Christine war gänzlich anderer Meinung. »Das erlaube ich nicht«, sagte sie entschieden. »Für Euch gibt es genug anderes zu tun.«

»Anderes zu tun?«, wiederholte Stefan erstaunt. »Jetzt noch? Ja, was denn?«

»Dies und das«, lautete die wenig zufrieden stellende Antwort.

»Was es auch ist, es kann warten«, gab Stefan zurück, »ich bleibe!«

»Das werdet Ihr nicht tun!« Die schöne Witwe stampfte wütend mit dem Fuß auf. Irrte ich mich oder zitterte ihre Stimme ein bisschen?

Stefan begriff nun gar nichts mehr. »Aber warum denn nicht?«

»Weil ich es verbiete!«

»Könnt Ihr mir dafür vielleicht einen vernünftigen Grund nennen?«

»Weil . . . weil . . . nun, vielleicht weiß ich nicht, ob ich Euch genügend trauen kann.«

Ich konnte ihn förmlich mit den Zähnen knirschen hören.

»Ach, so ist das! Dem Lumpenpack traut Ihr und mir nicht! Na gut, dann kann ich ja gehen!«, stieß er hervor und ließ uns allein.

Oh, der Holzkopf! Ich glaubte genau zu wissen, warum sie ihn nicht wachen lassen wollte: Ihre Stimme hatte sie verraten. Sie fürchtete, dass ihm etwas zustoßen könnte. Diese Sorgen machte sie sich um uns jedenfalls nicht, denn mit einem kurzen »Gute Nacht« ließ sie uns ins Lager ein und verschloss die Tür hinter uns.

Da standen wir nun in dem stockfinsteren Raum und warteten darauf, dass irgendein gemeingefährlicher Einbrecher mit ein paar Eimern voll Jauche auftauchte und uns nebenbei vom Leben zum Tode beförderte.

Wir fühlten uns beide nicht sehr wohl in unserer Haut. Der tapfere Ritter klammerte sich bei jedem Knispern und Rascheln eines Mäusleins an mich, als ob der leibhaftige Gottseibeiuns seine feurigen Krallen nach ihm ausgestreckt hätte. Und als auf der Gasse ein paar betrunkene Burschen grölend vorbeizogen, fing er wahrhaftig an ein Ave-Maria zu beten.

Nach geraumer Zeit flüsterte ich: »Willst du etwa die ganze Nacht stehen?«

»Das ist doch besser, oder?«, hauchte er. »Dann bin ich schneller zum Kampf bereit!«

Oder zum Weglaufen, dachte ich und hob den Weinkrug vom Boden auf. »Da, trink erst mal einen Schluck!« Als er ihn entgegennahm, merkte ich, dass seine Hände zitterten.

Er setzte an und fluchte gleich darauf leise vor sich hin.

»Was ist los?«, erkundigte ich mich.

»Das verdammte Ding hat so eine große Öffnung. Die Hälfte ist daneben gegangen.«

Ich stellte mir vor, wie der Wein auf seinen ausgefransten Pelz tropfte, und musste laut kichern.

»Willst du wohl still sein!«, fauchte er. »Du machst ja den Einbrecher noch auf uns aufmerksam!«

»Aber er ist ja noch gar nicht da!«

»Woher willst du das so genau wissen?«

Gleich darauf hörte ich ein Schlucken und Gluckern und Prusten. Bei allen Heiligen, der soff mir den ganzen Wein weg!

Energisch stieß ich ihn in die Seite. »He, ich will auch was!«

Wie gewöhnlich nahm er auf meinen berechtigten Einwand keine Rücksicht, sondern trank weiter, bis er aufhören musste, weil ihm die Luft ausging.

»Da, nimm!«, sagte er großzügig und gab einen Rülpser von sich, den nur ein absolut tauber Einbrecher überhört hätte.

Ich setzte den Krug an den Mund und hob ihn höher und höher, bis er fast senkrecht stand. Was dabei noch herauskam, reichte gerade zu der Erkenntnis, dass es sich um ein äußerst schmackhaftes Tröpfchen gehandelt haben musste.

»Hurensohn!«, zischte ich wütend.

»Halte an dich, Knecht!«, entgegnete er würdevoll und rülpste erneut. »Für mich war dieser stärkende Trank bestimmt, denn ich muss das Haus und seine Herrin beschützen. Er soll nur kommen, der verfluchte Einbrecher, Philipp von Mahlau wird ihn in Stücke schlagen!«

Welch ein Wunder! Der Krug Wein hatte aus einem Hasenfuß eine Löwenpranke gemacht!

Philipp hockte sich nieder und tastete nach dem Korb mit der Verpflegung. Aber diesmal war ich schneller und sicherte mir meinen Anteil.

Kaum hatten wir uns satt gegessen, streckte er sich auf dem Boden aus und begann zu schnarchen. Er war wirklich ein echter Freund, auf den man sich in der Stunde der Gefahr felsenfest verlassen konnte!

Kurz entschlossen tastete ich mich zu ein paar prall mit Kräutern gefüllten Säcken und verbarg mich dahinter. Wenn wirklich jemand kam, dann würde er ihn zuerst finden!

Die Zeit verging, die Kräuter dufteten süß und machten mich schläfrig. Irgendwann musste ich wohl eingenickt sein, denn als ich einen lauten Schrei hörte, wusste ich zuerst gar nicht, wo ich mich befand. Ich streckte mich, bis ich halbwegs wach war, und lugte dann vorsichtig hinter den Säcken hervor.

Der Tag war schon angebrochen und das Lager war von fahlem Licht erfüllt. Ich erblickte einen schnaubenden, wutentbrannten Philipp, der seinen klitschnassen blonden Schopf schüttelte; vor ihm stand Stefan, schadenfroh grinsend, einen leeren Eimer in der Hand.

Unsere erste Nachtwache war vorüber, ohne dass etwas geschehen war.

Wir erstatteten unserer Auftraggeberin Bericht, frühstückten königlich und legten uns dann ein paar Stunden aufs Ohr.

Den Nachmittag verbrachte ich in der Küche bei Michael und Maria. Ich tat das natürlich auch, um mit meiner Herzensdame ein paar heimliche Küsse zu tauschen, aber nicht nur. Vor allem hoffte ich ein paar Informationen über die schöne Hausherrin und ihre Verhältnisse zu bekommen.

Von Maria war da allerdings nicht viel zu holen. Sie beteuerte nur, wie schön, gut und edel und was weiß ich noch alles Christine sei und dass man sich überhaupt keine bessere Herrin wünschen könne. Ansonsten konnte sie mir nichts sagen, was ich nicht schon wusste.

Michael war eine wesentlich ergiebigere Quelle. Er war als Küchenchef gewohnt auf Kleinigkeiten zu achten, und es gab sicher kaum etwas, das seinen scharfen Augen entging. Als ein paar Becher Wein seine Zunge gelöst hatten, begann er zu erzählen.

Sebald Wicklein, so erfuhr ich zunächst, war durchaus nicht so harmlos, wie es den Anschein hatte. Vielmehr wurde seine Gefräßigkeit von seiner Geldgier und seinem Geiz noch erheblich übertroffen.

»Du wirst so schnell keinen raffinierteren und skrupelloseren Kaufmann finden als ihn«, sagte der Koch. »Er schachert und drückt die Preise wie kein zweiter; mehrfach hat er sich schon vor der Gilde wegen miserabler Qualität seiner Stoffe verantworten müssen. Aber es ist ihm noch jedes Mal gelungen, ungeschoren davonzukommen. Wenn du mich fragst, wie – mit ehrenwerten Methoden bestimmt nicht.«

»Dann liebt er Christine also nicht?«, erkundigte ich mich.

»Der und lieben? Der liebt nur sich selbst und seinen Geldsack! Natürlich würde er sich gern mit ihr brüsten und im Bett wäre sie ihm auch nicht grad unwillkommen. Aber vor allem will er ihr Geschäft und ihr Geld. Allerdings . . .«, er senkte seine Stimme zu einem vertraulichen Flüstern, »könnte es sein, dass er sich da ausnahmsweise verrechnet.«

»Wieso denn das?«, fragte ich schnell.

Michael verzog misstrauisch das Gesicht. »Du bist reichlich neugierig«, bemerkte er. »Warum willst du das eigentlich alles wissen?«

Ich zuckte die Achseln. »Wollt Ihr es einem armen Hund wie mir übel nehmen, dass er gern ein bisschen Klatsch über die Mächtigen und Reichen hört, Meister? Außerdem – Ihr habt meinen Ritter gesehen und gehört. Habt Ihr Euch da nicht auch gefragt, warum uns Eure Herrin ins Haus geholt hat?

Sein Misstrauen schwand. »Das hab ich allerdings, und ich glaube, jeder andere auch. Man könnte meinen, sie hätte sich tatsächlich in diesen lächerlichen Blasebalg verliebt. Dabei ist völlig klar, dass ihr Herz . . .«

». . . Stefan gehört?«, ergänzte ich.

Er nickte betrübt. »So ist es. Und wir alle wünschen uns, dass die beiden ein Paar werden. Er ist zwar ziemlich jähzornig, aber sonst ein wirklich guter Kerl und auch ein tüchtiger Kaufmann und er liebt sie über alles. Aber er wird sie wohl nie kriegen.«

Ich spitzte die Ohren. Jetzt wurde es interessant.

»Wenn er sie liebt und sie liebt ihn, dann gibt es doch kein Hindernis«, meinte ich.

»Wenn das nur so einfach wäre«, seufzte er. »Aber er hat einen übermächtigen Nebenbuhler. Einen der reichsten und angesehensten Kaufleute der Stadt. Nicht den dicken Wicklein«, sagte er, als er meinen fragenden Blick bemerkte, »den würde sie niemals nehmen. Ich meine Peter Stenglein. Der verkündet überall, dass er sie nach Ablauf der Trauerzeit heiraten wird. Und das Verrückte dabei ist: Sie hat dem nicht einmal widersprochen. Du kannst dir denken, dass der arme Stefan schon zu Lebzeiten Höllenqualen leidet.«

»Da ist er nicht der Einzige«, sagte ich versonnen. »Peters Gehilfe ist noch schlechter dran. Den beachtet sie nicht einmal.«

Der Koch musterte mich scharf. »Dir entgeht wohl nicht viel, wie?«

»Ach Gott, Meister«, entgegnete ich trübsinnig. »Ihr habt den bedauernswertesten aller Christenmenschen vor Euch: den Diener des Ritters Philipp von Mahlau. Wer mit diesem Burschen durch die Lande zieht, der muss seine fünf Sinne beieinander haben. Das ist eine Überlebensfrage.«

»Das glaub ich dir aufs Wort.« Der Koch stand auf.

»Aber jetzt muss ich mich um das Abendessen kümmern. Wenn du willst, mach einen Spaziergang mit deiner Maria. Ich kann sie heut entbehren.«

»Geht leider nicht«, sagte ich bedauernd. »Ich muss mich für die zweite Nachtwache fertig machen.«

»Seht zu, dass ihr das Schwein erwischt«, brummte Michael. »Ich bin nur ein schwacher Koch, aber wenn ich könnte, wie ich wollte . . .« Er ballte grimmig die runden Fäuste.

Er war nur ein schwacher Koch, der doppelt so viel auf den Rippen hatte wie ich und mich wahrscheinlich mit einem Hieb aus dem Kittel hauen konnte. Aber er durfte in der hellen, warmen Küche bleiben und ich musste in das finstere, kalte Lager. Ach ja, die Welt war schon ungerecht!

An diesem Abend brachte uns die Dame des Hauses persönlich unser Essen und dazu einen großen Krug Wein, bevor unsere Wache begann.

»Vielleicht habt Ihr heute mehr Glück, Herr Ritter, und bringt meinen Feind zur Strecke«, sagte sie viel sagend lächelnd. »Ich wünsche es uns beiden!«

Mit diesen Worten verließ sie uns und verschloss die Tür.

Kaum war sie weg, begann Philipp zu schimpfen. »Nicht genug damit, dass sie uns in Lebensgefahr bringt«, stöhnte er, »schließt sie uns auch noch ein. Das wäre doch wirklich nicht nötig!«

»Versteh doch, du Dummkopf«, brummte ich unwirsch. »Wenn sie das nicht täte und der Einbrecher kommt und merkt, dass die Tür offen ist, dann würde er den Braten doch sofort riechen!«

Das sah er ein und tastete nach dem Weinkrug, um sich wie gestern Mut anzutrinken. Aber er griff ins Leere, denn ich wollte mich nicht wieder um meinen Anteil bringen lassen.

»Heute wird geteilt, alter Freund!«, sagte ich, indem ich einen kräftigen Zug nahm und dann noch einen und zur Sicherheit noch einen. Ah, selbst im Paradies konnte es nichts Köstlicheres geben!

Nachdem ich den Krug weitergegeben hatte, begann ich nachzudenken. Mir rauchte noch der Kopf von dem, was ich am Nachmittag erfahren hatte. Bei allen Heiligen, das Liebesleben der Christine war wirklich ziemlich kompliziert. Den Sebald liebte sie nicht und wollte ihn auch nicht heiraten, er liebte sie auch nicht, wollte sie aber sehr wohl heiraten. Den Peter liebte sie ebenfalls nicht, wollte ihn aber heiraten, genauso wie er sie, wobei er sie möglicherweise auch liebte. Sie wiederum liebte Stefan, dachte aber nicht daran, ihn zu heiraten, während er sie liebte und gleichzeitig heiraten wollte, ebenso wie Peters Gehilfe, den sie aber weder liebte noch heiraten mochte. Und dann war da noch Philipp . . .

Mein Gott, das alles war zu viel für einen armen Burschen von fünfzehn! Ich grübelte und grübelte, doch ich konnte kaum einen klaren Gedanken mehr fassen, eine bleierne Müdigkeit überfiel mich plötzlich.

Ich schaffte es gerade noch, mich zu meinen Kräutersäcken zu schleppen und an ihnen niederzusinken. Das Letzte, was ich hörte, war ein lautes Schnarchen, von dem ich schon nicht mehr wusste, ob es von Philipp oder mir stammte.

»Was habe ich denn nur getan, dass ich andauernd Schläge kriege«, winselte ich. »Bitte, Ehrfurcht gebietender Höllenfürst, lasst mich in Ruhe, ich bin zwar ein Sünder, aber nur ein ganz, ganz kleiner!«

Mein Flehen nützte nichts, der Teufel peinigte mich weiter und brüllte mit entsetzlicher Stimme Wörter, die ich nicht verstand.

Dazu begannen seine Unterteufel auf meinen Kopf einzuhämmern, dass ich glaubte, er müsse jeden Augenblick in tausend Stücke zerspringen.

Meine Qualen wurden so groß, dass ich mich entschloss die Augen zu öffnen, obwohl mir die Lider schwer wie Pferdesättel vorkamen.

Erst sah ich nur Nebel; als er sich langsam lichtete, bemerkte ich zuerst einen schwarzen Stiefel, der auf mich zukam und mich in die Seite stieß, einen gewöhnlichen Stiefel, keinen Bocksfuß, dann eine Gestalt, die Stefan, dem Verwalter, wie aus dem Gesicht geschnitten war. Blitzartig kam mir die Erkenntnis, dass ich wohl doch noch nicht in der Hölle war.

»Hör sofort auf, du Bastard«, krächzte ich, »sonst, bei allen Heiligen, wirst du es bitter bereuen!«

Schlagartig hörte der Stiefel auf meine Rippen zu bearbeiten. Sein Besitzer war allerdings von meiner Drohung nicht sonderlich beeindruckt, denn er schnaubte nur verächtlich: »Hast du deinen Rausch endlich ausgeschlafen, du jämmerlicher Versager? Ihr seid wirklich wunderbare Wächter, du und dein so genannter Ritter!«

Dabei fuchtelte er mir mit etwas vor der Nase herum, das sich bei näherem Hinsehen als ein dickes Vorhängeschloss entpuppte, dessen Bügel sauber durchgefeilt war.

Schlagartig war ich hellwach.

Ohne auf meinen schmerzenden Kopf zu achten, sprang ich auf und schnupperte. Das Aroma von Kräutern und Gewürzen stieg mir in die Nase, dazu ein scharfer, fast beißender Geruch, den ich zunächst nicht recht einordnen konnte. Auf jeden Fall hatte hier niemand heute Nacht neue Jauche ausgegossen.

»Was willst du eigentlich?«, fragte ich deshalb erbost. »Es ist doch gar nichts passiert!«

Er sog die Luft ein und musste dann zugeben: »Scheint tatsächlich so. Doch euer Verdienst ist das bestimmt nicht!« Er krauste die Nase und schnüffelte erneut. »Komisch. Warum riecht es so stark nach Safran? Irgendwas stimmt hier nicht! Weck du den dicken Schreihals auf. Ich seh mich inzwischen mal um.«

Es dauerte geraume Zeit, bis ich Philipp aus dem Reich der Träume in die raue Wirklichkeit zurückgeholt hatte. Gerade machte ich ihm mühsam begreiflich, dass jemand das Schloss geknackt hatte, das hörten wir einen markerschütternden Schrei.

Er trieb uns sehr schnell den letzten Nebel aus den Köpfen, und wir rannten, nein, wir flogen in den hinteren Teil des Raums.

Stefan stand da, kreidebleich, eine Hand auf den Mund gepresst. Mit der anderen deutete er auf den Boden und lallte: »Da, da . . . da!«

Wir schauten hinunter.

Außer uns hatte noch ein dritter Mann die Nacht im Lager zugebracht. Er lag da, alle viere von sich gestreckt, das Gesicht weiß wie frisch gefallener Schnee.

Den ehrenwerten Kaufmann Peter Stenglein würde niemand mehr aufwecken. Er schlief den letzten, den ewigen Schlaf, denn man hatte ihm die Kehle durchgeschnitten. Neben ihm, in einer großen Lache geronnenen Blutes, lag ein schartiges Messer mit schwarzem Griff.

Der würzig scharfe Safranduft, er hatte sich noch verstärkt, was kein Wunder war, denn der Mörder hatte einen ganzen Sack des kostbaren Gewürzes über sein Opfer geschüttet. Überall, auf den Kleidern, in den Haaren hingen die gelbroten Fäden.

Während wir noch entsetzt auf die Leiche starrten, ertönte hinter uns das Geräusch beschwingter Schritte und eine fröhliche Stimme rief: »Guten Morgen, meine Herren! Ist alles in Ordnung?«

Die Dame des Hauses, schön wie immer und zart nach Rosenwasser duftend, trat neben uns.

»Was macht . . .« Die Worte blieben ihr im Hals stecken. Fassungslos betrachtete sie den toten Peter, sie biss sich auf die Lippen, um nicht zu schreien.

»Er?«, flüsterte sie mit versagender Stimme. Ihre Augen füllten sich langsam mit Tränen. »Er? Warum er? Er war doch . . . er war doch mein Freund!«

Plötzlich drehte sie sich zu Philipp. »Mein Ritter«, flüsterte sie kaum hörbar, »das hast du für mich getan? Der Safran deiner Seele . . .«

Sie verdrehte die Augen und brach zusammen; wenn Stefan nicht herbeigesprungen wäre und sie aufgefangen hätte, wäre sie zu Boden gestürzt.

Wie ein Kind hob er sie auf seine Arme. »Wartet hier«, befahl er barsch, »und rührt nichts an! Ich schicke nach dem Schultheißen.«

Dann ging er davon, so schnell es ihm seine süße Last erlaubte, und ließ uns mit dem Toten allein.

Philipp schluckte heftig, als ob er gleich speien müsste. Schnell wich ich ein paar Schritte zurück, denn mir war selbst schon ziemlich übel; dass sich die Reste seines Abendessens über mich ergossen, hätte ich nicht mehr verkraften können.

»Verlass mich nicht«, wimmerte Philipp da. »Bitte bleib bei mir! Hast du gesehen? Das da, das ist mein Messer! Und der Safran überall! Irgendein hinterhältiger Lump hat alles so eingerichtet, als ob ich es gewesen wäre. Aber ich war es doch nicht! Ich kann doch keiner Fliege was zu Leide tun! Ich doch nicht! Das weißt du doch, mein lieber Lorenz!«

Ich überlegte kurz, wann er mich das letzte Mal »mein lieber Lorenz« genannt hatte. Es wollte mir nicht einfallen und so erwiderte ich tröstend: »Natürlich warst du es nicht! Du hast ja geschlafen.« Zögernd fügte ich hinzu: »Beweisen kann ich es allerdings nicht.«

»Oh du mein Gott, Heilige Jungfrau Maria, ihr vierzehn Nothelfer, steht mir bei!« Philipp sank förmlich in sich zusammen, ein Bild des Jammers.

»Ich weiß gar nicht, warum du so außer dir bist«, versuchte ich ihn zu beruhigen. »Peter Stenglein ist hier eingebrochen, das ist durch das durchgefeilte Schloss klar bewiesen. Er wollte deiner schönen Christine Schaden zufügen und dafür hat er bezahlt: Jemand hat ihn umgebracht. Klar, du warst es nicht, aber alle denken, du warst es. Du hast also deine Aufgabe erstklassig erledigt und bist der Held des Tages. Das sieht der Schultheiß bestimmt genauso.«

Er lamentierte weiter, als ob ich nichts gesagt hätte. Seufzend begann ich mich in der näheren Umgebung etwas umzusehen. Ich entdeckte nichts, was mir auffällig vorkam. Nur an einem großen Tonkrug, der in der Nähe des Toten stand, bemerkte ich einen großen dunklen Fleck. Ich war gerade dabei, ihn näher zu untersuchen, als Stefan zurückkam.

»He, was machst du da?«, fragte er und schob mich auf die Seite. »Das scheint Blut zu sein. Auf dem Krug mit dem teuren Öl!«

Ohne auf meinen Protest zu achten, zog er ein Tuch aus der Tasche, spuckte darauf und rieb an dem Fleck herum. »Verdammt, geht nicht weg«, brummte er.

»Aber jetzt hast du ihn völlig verschmiert«, sagte ich wütend. »Hast du nicht selbst gesagt, dass man nichts anrühren soll?«

»Ach was! Was soll man schon aus einem Blutfleck erkennen können!«

In diesem Moment wurde die Tür aufgestoßen,

und ich bemerkte, dass Philipp wie unter einem heftigen Schlag zusammenzuckte: Die Obrigkeit war eingetroffen.

Sie bestand aus dem Schultheißen, einem hageren Kerl mit dichtem schwarzem Bart und ausgesprochen unfreundlich dreinblickenden Augen sowie aus drei bis an die Zähne bewaffneten Wächtern.

Grußlos stampften sie herein. Die Wächter stellten sich wie zufällig zwischen uns und den Ausgang, der Schultheiß bückte sich wortlos bei der Leiche nieder und untersuchte sie gründlich. Er leckte sich über einen Finger, stippte ein paar Safranfäden auf und führte sie prüfend an die Nase. Er musterte die Wunde, fasste an die bleiche Stirn des Toten, schob vorsichtig einen seiner Arme hin und her, um dessen Beweglichkeit zu prüfen.

»Schon länger tot«, brummte er. »Ohne Zweifel durch Gewaltanwendung mittels einer Waffe, nämlich eines Messers oder Schwertes, gestorben. Von oben bis unten voller Safran.«

Ich nickte bewundernd angesichts von so viel Scharfsinn. Wie der Mann das alles so schnell herausgefunden hatte!

Sein Blick fiel auf das Messer. »Aha, das könnte die Waffe gewesen sein!« Er hob es mit spitzen Fingern auf, erhob sich und schwenkte es hin und her.

»Wem gehört das hier?«, fuhr er uns plötzlich an.

»E. . . es ge-gehört mi-mi-mir«, antwortete Philipp kläglich, »ab-be-be-ber ich ha. . .«

»Du hast nur meine Frage zu beantworten«, wurde er da barsch angefahren. »Mit dem Messer hast du ihn also ermordet.«

Jetzt hielt ich es doch für nötig, mich einzuschalten.

»Aber gnädiger Herr«, sagte ich unterwürfig. »Herr Stenglein ist hier eingebrochen. Zum dritten Mal schon. Wir hatten den Auftrag, Wache zu halten. Also selbst wenn mein Ritter ihn niedergestochen hätte, dann kann man das doch nicht als Mord bezeichnen, dann hätte er sich nur gegen einen gefährlichen Eindringling gewehrt. Aber er hat ihn nicht angerührt, das kann ich beschwören. Ich kenne ihn nämlich!«

Statt einer Antwort spuckte der Schultheiß auf den Boden und verrieb, was dabei herauskam, sorgfältig mit dem Stiefel.

»Wer sind diese Burschen?«, fragte er Stefan.

»Ein angeblicher Ritter«, erwiderte der. »Heißt Philipp von Mahlau, oder vielmehr: So nennt er sich. Er schlägt sich durch, indem er alberne Lieder singt und dafür Essen und Unterkunft oder ein paar Pfennige erbettelt. Der Kleine ist sein Gefährte. Er bessert die Darbietungen mit ein paar akrobatischen Kunststückchen auf und ist ein geschickter Dieb.«

Schlechter konnte das Licht kaum sein, in das er uns da gerückt hatte. Ein Bettler und ein Dieb! Prompt traf mich auch ein Blitz aus den Augen des Schultheißen, bei dem ich mich ziemlich unwohl in meiner Haut fühlte. Philipp war völlig eingeschüchtert. Mit hängenden Schultern stand er da und reagierte nicht einmal auf Stefans beleidigende Äußerungen.

Der Schultheiß warf noch einen Blick auf den Toten und schüttelte zornig den Kopf.

»Einer der angesehensten Bürger Nürnbergs. Ermordet von fahrendem Pack, mitten in der Stadt, sozusagen unter meinen Augen. Eine Katastrophe ist das!«

In diesem Augenblick betrat Christine das Lager. Sie schwankte ein wenig beim Gehen, der Schock über den Tod ihres Freundes war ihr anzumerken, aber sie zeigte den Ausdruck ruhiger Entschlossenheit.

»Ich grüße Euch, Herr«, sagte sie. »Vergebt einer schwachen Frau, wenn sie kurz davor ist, ihre Fassung zu verlieren. Der da«, sie zeigte auf den Toten, »behauptete stets mein bester Freund zu sein. Und ich habe ihm geglaubt, ja, ich habe nicht ausgeschlossen ihm eines fernen Tages einmal die Hand zur Ehe zu reichen. Und doch hat er mich auf das Gemeinste betrogen, bestohlen und geschädigt. Ich mag es einfach nicht glauben, aber dennoch ist es die Wahrheit . . . es ist ein doppelter Verlust, wenn Ihr versteht, was ich meine . . .« Ihre Stimme drohte zu brechen, aber sie riss sich zusammen und fuhr tapfer fort: »Wer weiß, ob er mich nicht ganz und gar ruiniert hätte. Aber es kam rechtzeitig Hilfe von diesem tapferen Mann hier«, jetzt wies sie auf Philipp, »einem Ritter aus altem Geschlecht und einem großen Künstler. Er hat sein Leben gewagt, um mein Eigentum zu schützen und mir einen unschätzbaren Dienst erwiesen.«

Ihr Gesicht, von Kummer gezeichnet, wandte sich dem Beamten zu, ihre grünen Augen blickten flehentlich, ihre Lippen schimmerten feucht. »Ihr wollt meinen Retter doch nicht etwa festnehmen?«

Bei allen Heiligen, was für eine Frau! Einen kurzen Augenblick lang vergaß ich alles, den Toten zu meinen Füßen, sogar die kleine Maria in der Küche.

Auch der Schultheiß war beeindruckt.

»Fasst Euch, Frau Christine«, sagte er begütigend und winkte einem seiner waffenstarrenden Knechte: »Wir brauchen eine Sitzgelegenheit!« Ein Salzfass wurde herangerollt, galant half der Schultheiß der schönen Witwe hinauf.

»Geht es Euch jetzt besser?«

Christine nickte.

»Dann können wir ja fortfahren. Ihr müsst bedenken, liebe Frau Christine, dass Ihr soeben einen schlimmen Schock erlitten habt. Das trübt Euren Blick für das Augenscheinliche. Peter Stenglein war ein kräftiger Mann. Wenn er hier bei einem offensichtlichen Raub erwischt worden wäre, meint Ihr nicht, dass er sich verzweifelt gewehrt hätte? Seine Freiheit und seine Ehre standen auf dem Spiel! Und jetzt schaut Euch den da an!«

Er trat auf den bleichen Philipp zu, fasste ihn bei seinem ausgefransten Pelz und schüttelte ihn in plötzlicher Wut. »Schaut ihn Euch nur an, diesen Mehlsack, diesen Ritter von Speck und Sulz! Seht Ihr irgendwo auch nur den kleinsten Ritz? Den winzigsten Kratzer?«

Verächtlich spuckte er aus, um gleich darauf wieder seinen Stiefel zur Bodenreinigung zu benutzen.

»Hier hat kein Kampf stattgefunden, das versichere ich Euch.«

»Ha!«, rief er triumphierend, »hab ich es Euch nicht gesagt?« Er drehte den starren Körper auf die Seite und deutete auf den Hinterkopf. Das Haar war blutverkrustet. »Eine Beule, groß wie ein Hühnerei! Das nenn ich sein Leben wagen! Einem nichts ahnenden Mann von hinten eins übergezogen und dann seine Kehle durchgeschnitten – so hat sich die Sache abgespielt! Und hier«, er zog etwas unter dem Toten hervor, »haben wir auch die zweite Tatwaffe.« Er hielt einen Knüppel in die Höhe. »Seht her, da kleben noch Blut und Haare.«

Forschend sah er Christine an. »Habt Ihr diesen Stock schon einmal gesehen?«

Bestürzung, ja, Entsetzen war in dem lieblichen Gesicht zu lesen. »Ich . . . ich glaube schon«, murmelte sie stockend. »Er gleicht denen, die ich den beiden zur Verteidigung mitgegeben habe . . .«

»Nicht wahr, jetzt merkt Ihr, dass ich Recht habe

mit meinem Verdacht«, meinte der Schultheiß freundlich, um gleich darauf mit scharfer Stimme fortzufahren: »Und der Safran, was hat der Safran überall auf dem Toten zu bedeuten?«

Das gab Christine den Rest. Sie brach in Tränen aus und zitterte so, dass der Schultheiß sie stützen musste, damit sie nicht von ihrem hohen Sitz fiel. »Da-das ist doch . . .«, heulte sie, »er-er hat vo-vorgestern doch so herrlich gesungen . . . dass . . . dass ich der Safran seiner Seele . . . seiner Seele bin u-und ich dachte, als Zei-Zeichen seiner Liebe und Verehrung . . .« Sie konnte nicht weitersprechen, ein heftiger Weinkrampf überfiel sie.

Mir war inzwischen verdammt mulmig geworden, erstens weil der Schultheiß nicht ganz so dämlich war, wie ich anfangs geglaubt hatte, und zweitens weil mich langsam aber sicher ein leiser Zweifel beschlich. Sollte Philipp etwa doch . . .? Nein, unmöglich! Man musste ihn ja nur ansehen, wie er sich duckte, zusammengefallen wie ein drei Tage alter Kopfsalat. Der und einen Meuchelmord begehen? Trotzdem, es sprach einiges gehen ihn. Wenn ich Idiot bloß nicht eingeschlafen wäre!

»Da haben wir also auch das Motiv«, erklärte der Schultheiß mit grimmiger Fröhlichkeit. »Ist es nicht so, dass Herr Stenglein nach Ablauf der Trauerzeit um Eure Hand anhalten wollte? Der Lump hier hat sich in grenzenloser Vermessenheit Chancen bei Euch ausgerechnet. Er hat Euer – entschuldigt schon! – sträflich leichtfertiges Vertrauen missbraucht und die günstige Gelegenheit ergriffen, einen Nebenbuhler auf hinterhältige Weise auszuschalten. Bleibt nur noch die Frage . . .«

Es wurde durch lautes Schreien und Weinen unterbrochen.

»Wo ist mein Sohn? Was habt ihr mit ihm gemacht? Lasst mich zu ihm!«

Eine hoch gewachsene, stattliche Frau, schon betagt, aber noch sehr beweglich, stürzte herein, gefolgt von Peters unscheinbarem Schreiber. Ohne auf ihr kostbares Gewand zu achten, warf sie sich über den Leichnam und schluchzte zum Gotterbarmen.

Wir anderen sahen schweigend zu, wie sie ihren Sohn betrauerte. Ich vergaß sogar die missliche Lage, in der Philipp und ich uns befanden. Einen Toten, den man kaum gekannt hat, kann man sich ohne größere Regung ansehen, finde ich. Aber den Schmerz und die Trauer eines Menschen, die gehen einem richtig zu Herzen. Bei allen geschwänzten Teufeln, wer hatte dieses scheußliche Verbrechen bloß verübt!

Nach einer Weile berührte der Schultheiß die weinende Frau sanft an der Schulter. »Beruhigt Euch ein wenig, Frau Stenglein«, bat er freundlich, »damit ich Euch ein paar Fragen stellen kann. Man hat Euren Sohn verdächtigt mehrfach in dieses Lager eingebrochen zu haben . . .«

Die Frau hob den Kopf. »Das ist eine Lüge!« Ihre rot geweinten Augen funkelten, der Zorn schien ihr neue Kraft zu geben. »Niemals hat er so etwas getan! Warum auch? Er ist . . . war ohnehin der reichste Mann der Stadt! Wer wagt so etwas zu behaupten?«

Drohend richtete sie sich auf.

»Ist diese niederträchtige Verleumdung etwa auf Eurem Mist gewachsen?«

»Um Gottes willen«, beeilte sich der Schultheiß zu versichern, »nicht einen Augenblick habe ich das gedacht. Aber immerhin . . .« Er zögerte. »Man hat ihn hier gefunden . . . und das Schloss an der Tür war durchgefeilt . . .«

»Ach, und daraus wollt Ihr Euren aberwitzigen Verdacht konstruieren?«

»Aber ich verdächtige ihn doch gar nicht! Ich will nur die genauen Umstände klären, wie es meine Pflicht ist . . .«

»Dann tut Eure Pflicht und sucht den Einbrecher woanders . . . reicht es nicht, dass mein Sohn tot ist? Wollt Ihr auch noch seine Ehre beflecken? Schert Euch zum Teufel!«

Sie wandte sich wieder dem Toten zu, aber plötzlich schien ihr etwas einzufallen und sie erhob sich.

»Wann waren diese Einbrüche?«, fragte sie.

»Nun, heute Nacht und . . .« Der Schultheiß sah sich Hilfe suchend nach Christine um.

»Vor einer Woche das erste Mal und dann wieder vor vier Tagen, in der Nacht von Montag auf Dienstag, nach der Ankunft unserer ›ehrenwerten‹ Gäste«, antwortete Stefan an ihrer Stelle.

Frau Stengleins Gesicht war starr wie Granit. »So kann ich beweisen, dass mein Sohn mit diesen Einbrüchen nichts zu tun hat«, sagte sie voller Verachtung, »da ja ein solcher Beweis nötig zu sein scheint. Vor einer Woche war Peter geschäftlich in Ansbach. Sein Adlatus da kann es bezeugen. Und Montagnacht kam er von einem Gelage bei dieser Dame da«, sie wies auf Christine, ohne zu ihr hinzusehen. »Er hatte zu viel gegessen und getrunken und litt entsetzlich unter Blähungen. Ich selbst habe ihm warme Umschläge gemacht und Kümmeltee eingeflößt.«

Ich schüttelte den Kopf. So viel war klar, Peter konnte der Einbrecher nicht gewesen sein, denn wer in Ansbach ist, kann nicht in Nürnberg ein Schloss durchfeilen, und wer die ganze Nacht hindurch furzen muss, der kann sein Haus nicht ungehört verlassen.

Kurz und gut, ich verstand überhaupt nichts mehr. Wohl aber der Schultheiß. Und als er jetzt das Wort ergriff, fühlte ich, wie sich mein Herzschlag beschleunigte, bis er das Tempo eines galoppierenden Pferdes hatte.

Er klang geradezu vergnügt, der gute Mann, vor lauter Erleichterung, denn in seinen Augen war der Fall geklärt.

»Damit ist die Sache klar«, verkündete er selbstgefällig. »Ich darf wohl behaupten, dass mich mein erster Eindruck selten getäuscht hat. Und die zwei Gauner hier waren mir von Anfang an verdächtig. Sie haben Peter Stenglein unter irgendeinem Vorwand hierher gelockt und den Ahnungslosen brutal umgebracht. Frau Stenglein, an Euch ist es, sie des heimtückischen Mordes an Eurem Sohn anzuklagen. Wächter, nehmt sie . . . «

»Halt, halt!«, schrie ich, »nicht so schnell! Ihr überseht das Wichtigste!«

Der Schultheiß ging seiner Lieblingsbeschäftigung nach, er spuckte auf den Boden. »Ich pflege niemals etwas zu übersehen«, sagte er selbstbewusst, während der Stiefel erneut in Aktion trat.

»Aber diesmal habt Ihr etwas übersehen!« Heilige Jungfrau Maria, hilf uns aus diesem Schlamassel heraus, ich will auch nie wieder etwas stehlen!

»Das Schloss!«, stieß ich hervor. »Das kaputte Schloss! Der Raum war verschlossen! Also können wir niemand hierher gelockt haben, weil wir nämlich eingesperrt waren! Also ist Herr Stenglein doch eingebrochen!«

»Elender Lügner!«, rief Frau Stenglein erregt. »Versuch nicht dich herauszureden!«

Aber der Schultheiß kratzte sich verlegen den Bart. »Der Bursche hat Recht«, brummte er, »das passt irgendwie nicht zusammen . . . «

Suchend schaute er im Raum umher, seine Blicke wanderten über den Boden, die Wände und blieben schließlich an den schmalen, unverglasten Fensteröffnungen hängen, die direkt unter der Decke in die Wand eingelassen waren. Ich sah seine Augen aufleuchten und fühlte, wie eine gewaltige Faust meine Eingeweide zusammenpresste.

»Damit ist auch dieser Einwand ausgeräumt, nicht wahr?«, sagte er und klopfte mir leutselig auf die Schulter. Dann donnerte er, dass ich zusammenfuhr, als ob der Blitz in mich eingeschlagen hätte. »Du bist ein geschickter Dieb, ja? Ein gewandter Akrobat, oder? Bestimmt auch ein hervorragender Kletterer, stimmt's? Für dich ist das doch eine Kleinigkeit, an den Regalen da hoch- und dann durch das Fenster ins Freie zu klettern, hab ich nicht Recht? Dann das Schloss durchgefeilt und ausgehängt, Herrn Stenglein eingelassen und ermordet! Die Feile hast du draußen irgendwo verschwinden lassen. War es nicht so? Gib's zu! Ganz schön raffiniert, was ihr euch da ausgedacht habt. Einen anderen hättet ihr vielleicht täuschen können. Aber mich nicht! Los jetzt, verhaftet die beiden!«

Obwohl mir seine Stimme in den Ohren dröhnte wie die Posaunen des Jüngsten Gerichts und mein Kopf ärger schmerzte denn je, überlegte ich fieberhaft. Aus den Augenwinkeln heraus sah ich, wie zwei der Wärter zu Philipp traten und ihn an den Armen ergriffen. Der dritte kam langsam auf mich zu.

Ein blitzschneller Sprung brachte mich aus der Reichweite des Schultheißen, dann rannte ich los.

Das heißt, ich versuchte es. Einer nämlich hatte meinen Fluchtversuch vorausgesehen – Stefan, der verdammte Hundesohn, holte mich ein, packte mich mit beiden Händen an den Schultern, und sosehr ich auch zappelte, ich kam nicht los.

»Halt ihn fest«, brüllte der Schultheiß, »ihr da, da vorn an die Tür, damit er nicht hinauskann!«

Ich wand mich noch in Stefans Griff, als ich seine Lippen an meinem Ohr spürte. »Versteck dich irgendwo draußen, bis es dunkel ist«, wisperte er. »Dann komm in mein Zimmer! Ich lasse das Fenster offen, es ist auf der Hofseite direkt unter dem Giebel. Du kannst vom Dach aus einsteigen!«

Plötzlich lockerte sich sein Griff. »Achtung, ich kann ihn nicht mehr halten, den Satansbraten«, brüllte er. Ich zögerte nicht lang und raste durch den Raum auf die Regale an den Seitenwänden zu.

Als sich der Schultheiß und seine Schergen von ihrer Überraschung erholt hatten, hatte ich eines von ihnen schon erklommen, denn ich gedachte genau den Weg in die Freiheit zu nehmen, den mir der freundliche Beamte selbst gewiesen hatte. Oben warf ich einen schnellen Blick zurück auf Philipp. Er glotzte mir so entsetzt nach, als ob ich soeben höchst eigenhändig die Schlinge um seinen feisten Hals gelegt hätte. Mach dir keine Sorgen, du edler Rittersänger! Du bist zwar ein elender Bastard, aber ich tue, was ich kann, um uns aus dem Dreck wieder rauszuholen, in den du uns geritten hast!

Ich hängte mich an den Sims, schob meine Füße zwischen Regal und Wand und stieß mich dann mit aller Kraft ab.

Krachend und polternd stürzte das Regal um, Flaschen und Krüge zerschellten, Säcke zerplatzten.

Ich aber wand und drehte mich durch die enge Öffnung und schwang mich dann aufs Dach hinauf. Fürs Erste war ich frei.

Unter mir, im Hof, hörte ich die Wächter aufgeregt durcheinander schreien, dazwischen bellte der Schultheiß seine Kommandos.

Dann hatten sie mich erspäht.

»Da oben hockt der Lump!«

»Den hungern wir einfach aus!«

»Macht nicht so viel Federlesens! Jemand soll eine Armbrust holen!«

Langsam wurde es brenzlig. Eine Armbrust! Wenn ich nicht machte, dass ich wegkam, ging es mir an den Kragen.

Gedacht, getan! Ich riss ein paar Pfannen aus dem Dach und warf sie nach unten. Vorsichtshalber zielte ich immer ein bisschen daneben. Denn wenn ich ein paar obrigkeitliche Kürbisköpfe anknackste, dann, unschuldig hin, unschuldig her, gab es wirklich einen Grund, mich festzunehmen, und den wollte ich natürlich nicht liefern.

Aber immerhin sausten die schweren Ziegel nahe genug an meinen Verfolgern vorbei, dass sie schleunigst unter dem Dachvorsprung Zuflucht suchten. Damit war ich außer Sicht, und das war alles, was ich brauchte.

In Windeseile krabbelte ich über den First, schob mich über die andere Seite des Dachs abwärts und hangelte mich lautlos an einem verholzten Efeugestrüpp hinunter, das die Wand überwucherte. Schon stand ich auf dem Nachbargrundstück.

Niemand war zu sehen. Ein paar rasche Sprünge, ein schmerzhafter Kontakt mit Brennnesseln und Dornen, und ich befand mich im Schutz einer dichten Hecke. Geschafft!

Doch was jetzt? Ich dachte daran, durch die Gärten abzuhauen und in der Stadt herumzulungern. Dort konnte ich ein paar der Münzen, die in meinem Kittel klimperten, in Brot, Käse und Bier umsetzen. Das wäre dringend nötig gewesen, denn inzwischen tat mir mein leerer Bauch noch mehr weh als mein Brummschädel.

Trotzdem verwarf ich den Gedanken gleich wieder. Denn bei meinem Glück rannte ich wahrscheinlich einem Schergen geradewegs in die Arme, der Schultheiß würde bestimmt Streifen ausschicken. Und selbst wenn nicht, der Lösung meines kleinen Problems, nämlich Philipp und mich vom Mordverdacht zu befreien, kam ich damit nicht näher. Ich hatte nichts als den dünnen Strohhalm, den Stefan mir zugeworfen hatte.

Was hatte er gesagt? »Versteck dich draußen, bis es dunkel ist, dann komm in mein Zimmer!« Ich traute dem Burschen nicht weiter, als eine Blindschleiche im Finstern sieht. Bis über beide Ohren verliebt in seine Herrin, rasend vor Eifersucht, arm wie eine Kirchenmaus – na, wenn der keinen Grund hatte, dem armen Peter die Gurgel durchzuschneiden, dann hatte niemand einen. Völlig klar, er war der Hauptverdächtige. Andererseits – Beweis hatte ich keinen. Und er hatte mich entwischen lassen. Warum?

Die einzige Möglichkeit, das herauszufinden, war, sein Angebot anzunehmen und ihm heute Nacht einen kleinen Besuch abzustatten. Bis dahin blieb ich am besten sitzen, wo ich war. Hier würde mich zumindest niemand finden.

Wer jemals in einer Weißdornhecke gehockt hat, die nackten Beine mitten in einem Dickicht von Brennnesseln, die Nase eine knappe Handbreit von ausgesprochen bösartig spitzen Stacheln entfernt, der weiß, wie elend lang ein Tag sein kann, vor allem wenn einem erst das rechte, dann das linke Bein und schließlich beide Arme einschlafen.

Wer schon mal versucht hat in einer solchen Lage sein Wasser zu lassen, ohne sich auf den Kittel oder die Füße zu pinkeln, der wird mit mir fühlen.

Wer eine Ahnung davon hat, wie viele tausende,

ach was, tausende: unzählbare von krabbelnden, surrenden, schwirrenden, beißenden, stechenden, kitzelnden Lebewesen sich in einer Hecke befinden, dem ist klar, dass ich einen Vorgeschmack der Hölle kostete.

Am Abend jedenfalls, als ich mich im Schutz der Dunkelheit mühsam aus meinem Versteck herausschälte, fühlte ich mich so, wie ein verschimmelter Ziegenkäse aussieht. Und wahrscheinlich roch ich auch nicht viel anders.

Dazu wühlte der Hunger in meinen Gedärmen und ich begann zu bedauern, dass ich mich nicht hatte verhaften lassen. Dann säße ich nämlich jetzt gemütlich neben Philipp im Gefängnis, mit einer warmen Suppe im Bauch, und vielleicht sogar mit einem Kissen unter dem Hintern.

Stattdessen . . . ach, es half ja nichts! Ich wischte mir die verbliebenen Käfer und Ameisen vom Körper, kratzte mir die juckenden Beine, streckte und dehnte mich und machte mich auf den Weg zurück aufs Dach. Am Efeu hinauf, das war bedeutend schwieriger als hinunter, vor allem mit halb erstarrten Gliedern, dann, leise, leise, damit nur ja nichts knackte, über die Ziegelschräge, vor zum Giebel. Ich beugte mich hinunter. Ja, da war eine Fensteröffnung, ich ahnte sie mehr, als dass ich sie sah, ein schwarzer Schatten in der grauen Düsternis der Hauswand. Schon lag ich bäuchlings auf dem First, schob mich, die Füße voran, über den

Giebel. Erst baumelten die Beine ins Leere, dann ragte auch der Unterleib über die Kante, der Bauch, die Brust, schließlich hing ich an den ausgestreckten Armen, mit beiden Händen den äußersten Firstziegel umklammernd. Da endlich ertasteten meine Sohlen den schmalen Sims. Aufatmend ging ich in die Hocke und zwängte mich dann ins Innere, bis ich mit einem gedämpften Platschen auf dem Zimmerboden aufkam.

»Ist hier wer?«, wisperte ich. »Stefan?«

Nichts.

Ich blieb stocksteif stehen, meine Nackenhaare sträubten sich. Gefahr – ich roch sie förmlich.

»Stefan? Ich bin da! Antworte endlich!«

Die Antwort kam, blitzschnell und ganz anders, als ich sie erwartet hatte: Eine Hand fuhr in meinen Schopf, riss mir den Kopf nach unten und dann traf mich etwas Hartes im Nacken. Ich wollte noch überlegen, was es wohl gewesen sein könnte, aber da war plötzlich eine riesige Schere, die mir mit ihren Furcht erregenden Blättern ein Loch in meine Gedanken schnitt, ein ungeheures Loch, in das ich kopfüber fiel und das mich verschluckte.

Schon wieder bekam ich Schläge. Diesmal waren meine Backen dran. Jemand versetzte ihnen Klapse, mit der flachen Hand und immer schön abwechselnd, links, rechts, links, rechts. Es klatschte ordentlich und tat ganz schön weh.

»Wach endlich auf«, flüsterte eine ärgerliche Stimme, »so fest hab ich doch gar nicht zugehaun!«

Im Gegensatz zu heute früh wusste ich ganz genau, wo ich mich befand, und die Stimme kannte ich nur zu gut! Mörderische Wut stieg mir die Kehle hoch; ich kaute an ihr wie an einem Gallapfel, so bitter schmeckte sie.

Oh wie gern hätte ich ihn mit meinen Fäusten zerschmettert, diesen verräterischen, hinterhältigen Lumpen Stefan!

Nur – wenn man auf einem Bett liegt, die Füße verschnürt und die Hände auf dem Rücken gefesselt, und obendrein eine dicke, schmerzende Beule am Hinterkopf hat, dann kann man niemanden zerschmettern, auch wenn man noch so wütend ist.

Ich öffnete daher bloß die Augen und sagte mit aller Verachtung, die ich aufbringen konnte: »Du stinkender Ziegenarsch, wie soll ich wach werden, wenn du mich halb tothaust?«

»Aha, meine Behandlung wirkt also!« Stefan hockte vor mir auf einem Schemel, ein Öllämpchen neben sich, und grinste mich an. Es war kein sehr freundliches Grinsen.

»So, Freundchen«, fuhr er fort, »und jetzt wirst du mir ein paar Fragen beantworten.«

»Einen Dreck werd ich«, sagte ich. »Erst will ich was zu trinken und zu essen.«

Stefan zog ein Messer aus der Tasche und prüfte sorgfältig die Schneide. »Ziemlich scharf«, meinte er nebenhin. »Ich könnte dir damit zum Beispiel ein Ohr abschneiden. Würde das für den ersten Hunger reichen?«

Ich weiß bis heute nicht, ob er es wirklich ernst meinte. Aber mein beklagenswerter körperlicher Zustand, das flackernde Licht in der dunklen Kammer, der große Bursche mit dem Messer in der Hand – kurz und gut, ich beschloss kein Risiko einzugehen.

»Also in Gottes Namen«, seufzte ich. »Aber bevor ich alle deine Fragen beantworte, beantworte du mir wenigstens eine einzige: Erst fängst du mich, dann lässt du mich wieder laufen. Du lockst mich hierher, dann schlägst du mich nieder und fesselst mich. Was soll der ganze Quatsch?«

Seine Miene verdüsterte sich, doch immerhin steckte er das Messer wieder weg. »Das kann ich dir sagen«, brummte er. »Ich will mit dir reden, bevor dieser eingebildete Schultheiß irgendwas aus dir rauskriegt und womöglich die falschen Schlüsse daraus zieht.«

»Aus mir rauskriegen? Was zum Beispiel?«

»Was gestern Nacht passiert ist! Wer den Stenglein umgebracht hat!«

»Wenn ich das wüsste, hätte ich es schon längst gesagt. Mann, es geht um den Kopf meines Ritters. Von meinem eigenen ganz zu schweigen!«

»Aber der geile Dickwanst hat irgendwas mitgekriegt, da bin ich sicher!« Er fasste nach meiner Nase und zog daran, einfach so, als ob sie eine Möhre wäre. »Und du auch, darauf könnt ich einen Eid leisten!«

»Tu das nicht, das wär ein glatter Meineid«, näselte ich, »und lass meine Nase los, sonst schnäuz ich dir in die Finger.«

Schleunigst nahm er seine Hand weg und wischte sie vorsichtshalber an seinem Kittel ab. Lauernd sah er mich an.

»So, so, ihr habt also nichts gesehen. Du wirst aber wohl nicht abstreiten, dass ihr die Einzigen seid, die den Mord begangen haben können!«

Trotz meiner wenig beneidenswerten Lage musste ich lachen. Das war wirklich ein seltsames Verhör! Erst beschuldigt er uns, dass wir irgendwas gesehen, und wenn das schon nicht, na dann wenigstens, dass wir den Mord begangen hätten. Der

Kerl war wirklich noch dümmer als Philipp, falls das überhaupt möglich war.

»Wenn du das glaubst«, erklärte ich deshalb geduldig, »dann irrst du dich gewaltig. Philipp tut keiner Fliege was, schon deshalb nicht, weil er Angst hat, ihre Sippe könnte sie rächen. Außerdem hat er überhaupt keinen Grund. Glaubst du etwa, hinter seiner Schwärmerei für deine Herrin stecken ernste Absichten? Setz irgendeine andere an ihre Stelle, wenn sie einen runden Hintern und einen festen Busen hat, dann wird er sie genauso besingen. Vor allem wenn das Essen gut ist. Und ich? Mir ist der Stenglein genauso wurscht wie du und deine Herrin und die ganze Nürnberger Kaufmannschaft dazu. Nein, nein, uns beide kannst du streichen.«

Ich machte eine bedeutungsvolle Pause und fuhr dann fort: »Wenn ich den Mörder finden sollte, ich würde jemanden verdächtigen, der jähzornig ist und schneller haut als denkt, jemanden, der vielleicht lieber Herr als Diener sein möchte, jemanden, der die schöne Christine wirklich liebt und fürchterlich eifersüchtig ist . . .«

»Also wen, sag schon!«

»Jemanden wie dich!«

Für einen Augenblick sah er einem Schaf bedeutend ähnlicher als einem tüchtigen Kaufmannsgehilfen.

»Jemanden wie mich?«, echote er.

»Jemanden wie dich«, bestätigte ich und fügte

schnell hinzu: »Wo warst du denn heute Nacht? Du hast nicht zufällig in der Nähe des Lagerhauses herumgelungert, um zu schauen, ob das fahrende Pack seine Aufgabe auch ordentlich erfüllt? Du hast nicht zufällig den armen Peter Stenglein beim Einbrechen überrascht und die Gelegenheit genutzt, ihn dir vom Hals zu schaffen, indem du ihm seinen durchschneidest?«

Das verschlug ihm fast die Sprache. »I. . . i. . . ich?«, stotterte er. »Woher wa. . . wa. . . weißt du, da-dass . . . ich wo-wollte zum La-ger, a. . . a. . . aber ich . . . nie-niemand hat . . . ich wa. . . war . . .«

Leider wurde ich aus seinem Gemurmel nicht schlau, zumal er sich unterbrach wie einer, der schon zu viel gesagt hatte. Plötzlich überkam ihn die Wut und er stürzte sich auf mich. »Du redest zu viel, du widerlicher Zwerg«, knirschte er. »Aber ich werde dich daran hindern, verstehst du, Freundchen?«

Er legte mir die Hände um die Kehle und schüttelte meinen mageren Hals, als ob der ein nasser Putzlumpen wäre. Dann überlegte er es sich anders und löste seinen Griff.

»Verflucht sei der Tag, an dem ihr in unser Haus gekommen seid«, fauchte Stefan. »Und jetzt wirst du mir sagen, was ihr gestern Nacht im Lager beobachtet habt, oder, bei allen Heiligen, ich schneide dich in Stücke und misch dich unter das Schweinefutter!«

So viel Dummheit war zum Verzweifeln und ich konnte nicht einmal die Hände ringen, weil sie gefesselt waren.

»Wie oft soll ich es noch sagen, ich weiß nichts! Ich hab ordentlich von dem Wein getrunken und dann war ich die ganze Nacht wie betäubt. Ich hab nichts mitgekriegt, überhaupt nichts, bis du mich heute Morgen mit deinem Stiefel bearbeitet hast. Glaubst du mir das jetzt endlich?«

Er gab keine Antwort, sondern murmelte nur vor sich hin, ich verstand es kaum. »Merkwürdig ... das dachte ich auch ... wie betäubt ... das muss ich ...«

»Was ist?«, fragte ich. »Kannst du nicht deutlicher sprechen?«

»Halt 's Maul!«, fuhr er mich an. »Ich muss noch mal weg. Du bleibst hier und rührst dich nicht!«

»Oh doch«, höhnte ich. »Sowie du die Tür hinter dir zugezogen hast, fliege ich davon. Das mach ich immer, wenn ich gefesselt bin.«

»Hab ich nicht gesagt, du sollst das Maul halten?« Er drückte mir mit seiner großen Pfote die Backen zusammen, bis ich wohl oder übel den Mund öffnete. Aus der Tasche zog er ein Tuch und stopfte es mir zwischen die Zähne.

»Das wird dir helfen, zu schweigen und deine Kräfte zu schonen«, sagte er höhnisch, nahm das Lämpchen und ging leise hinaus. Mich ließ er zurück, der Gute, damit ich mich ungestört ausruhen konnte.

Eine Zeit lang lag ich auf dem Bett, ohne mich zu rühren, aber meine Gedanken waren dafür umso heftiger in Bewegung.

War dieser Bursche der Mörder oder war er's nicht? Wie ich es ihm ins Gesicht gesagt hatte: Er war jähzornig, wahnsinnig eifersüchtig und brutal genug war er auch. Wie er es allerdings hätte anstellen sollen, dazu fiel mir im Moment nichts ein.

Doch zumindest war er äußerst verdächtig. Nur sein unsicheres, seltsames Gestottere schien nicht ganz zu einem kaltblütigen Mörder zu passen – und seine Dummheit auch nicht . . . Oder war er vielleicht gar nicht so dumm? . . . Gerade hatte ich etwas gesehen, das eine Erinnerung in mir geweckt hatte, ein flüchtiges Bild, dessen Einzelheiten ich noch nicht erkennen konnte, von dem ich aber wusste, dass es wichtig war, dass es mich ein entscheidendes Stück weiterbringen würde . . . Lorenz, konzentriere dich gefälligst!

Heiliger Laurentius, mein ehrwürdiger Namenspatron, einst haben sie dich unschuldig auf einem Rost gebraten, wenn du nicht willst, dass sie mich und meinen Gebieter unschuldig an einen Strick hängen, dann hilf mir mich zu konzentrieren!

Das Tuch, das war es! Das Tuch, das zwischen meinen Lippen steckte, die Bewegung, mit der Stefan es herausgezogen hatte, beides hatte ich schon einmal gesehen, glasklar stand das Bild jetzt vor meinem inneren Auge: Stefan, das Tuch in der

Hand, vor einem großen Krug mit einem Blutfleck, nein, ein einfacher Blutfleck war es nicht gewesen, es war . . .

Heiliger Laurentius, ich preise dich, du hast mir geholfen!

Nein, Stefan war durchaus nicht so dumm, wie er sich stellte. Ich wusste jetzt, wer es gewesen war, nur warum und besonders wie, das musste ich noch herausfinden.

Die lausigen Fesseln waren das geringste Problem. Ich schob Hintern und Beine durch die zusammengebundenen Arme, jetzt hatte ich die Hände vorn. Knebel aus dem Mund ziehen, tief durchatmen, Fußfesseln lösen. Mit den Zähnen den Knoten um die Handgelenke lockern, Schlinge abstreifen, fertig.

Jetzt wurde es schon schwieriger. Ich brauchte meine ganze Kraft, um das Laken der Länge nach in Streifen zu reißen; mit meinen Fesseln band ich sie zu einem langen Strick zusammen, den ich an einem Pfosten der hölzernen Bettstatt befestigte und dann durchs Fenster an der Hauswand hinunterließ. Das alles musste ich in völliger Dunkelheit erledigen.

Ich schwitzte ordentlich, als ich fertig war. Aber ich stellte mir Stefans Gesicht vor, wenn er meinen vermeintlichen Fluchtweg entdeckte, das entschädigte mich reichlich.

Ich huschte zur Tür und öffnete sie geräuschlos

einen Spalt. Im Treppenhaus war alles still, von unten drang gedämpftes Stimmengemurmel an mein Ohr.

Eng an die Wand gepresst, glitt ich die Treppe hinunter, behutsam die ganze Sohle auf die Stufen setzend, um jedes Knarzen und Knarren zu vermeiden.

Die Stimmen wurden lauter, sie schienen aus der Küche zu kommen. Jetzt konnte ich sie unterscheiden, den ärgerlichen Bass des Kochs Michael, daneben das aufgeregte Gemecker Stefans.

Blitzschnell kauerte ich mich unter den Treppenabsatz, gerade noch rechtzeitig, bevor Stefan aus der Küche kam und nach oben stürmte. Gleich würde er meine Flucht bemerken. Machen konnte er gar nichts, nichts, ohne zuzugeben, dass er mir geholfen hatte. Außerdem würde er glauben, dass ich schon längst über alle Berge war. Das hoffte ich zumindest.

So schien es auch zu sein, denn von oben kam kein Mucks mehr. Ich wagte mich daher aus meinem dürftigen Versteck und schlich in die Küche. Auf dem Herd brannte ein einsames Talglicht, daneben zeichnete sich ein kleiner, rundlicher Schatten ab.

Jetzt kam es darauf an.

»Michael!«, raunte ich, bereit schleunigst die Beine in die Hand zu nehmen, »ich bin es, Lorenz!«

Keine Reaktion.

»Meister Michael! Hört Ihr mich? Ich bin es!«

»Wenn du auch gekommen bist, um mitten in der Nacht unverschämte Fragen zu stellen, dann verschwinde besser wieder!«, knurrte der Koch. »Ansonsten kannst du ruhig herkommen. Du bist doch wahrscheinlich halb tot vor Hunger und Durst!«

Oh welch mitfühlendes Herz schlug in diesem Meister der Speisen und Getränke, ich hatte es gewusst! Am liebsten hätte ich mich gleich an seine Brust geworfen und mich von seinen appetitlichen dicken Fingerchen mit Kuchen und Mandelmilch füttern lassen!

Aber noch traute ich dem Frieden nicht so ganz.

»Wollt Ihr nicht das Haus zusammenbrüllen?«, erkundigte ich mich. »Ich bin ein entlaufener Gefangener, ein ganz gefährlicher Kerl, der an einem Mord mitschuldig sein soll.«

»Schwätz kein dummes Zeug!«, brummte Michael.

»Immerhin behauptet es der Schultheiß!«

»Und wennschon! Was, glaubst du, ist schwieriger: eine Pastete zu backen oder den einzigartigen Minnesänger Philipp von Mahlau zu durchschauen?«

»Das kommt darauf an«, sagte ich vorsichtig, »vielleicht, wenn die Pastete bloß aus altem Weißbrot, Speck und Buttermilch besteht . . .«

»Ich sehe, wir verstehn uns.« Michael kicherte leise. »Ich mache in ganz Nürnberg die besten Pasteten. Und ich sage dir, sie sind zehnmal so kompliziert zusammengesetzt wie dein ehrenwerter Ritter. Er ist geil wie ein Rammler, versoffen und verfressen, er denkt vor allem an sein eigenes Wohl, seine Geistesgaben sind ziemlich bescheiden, er strotzt vor Selbstgefälligkeit und er ist ein großer Feigling. Damit hab ich ihn ziemlich genau beschrieben, denke ich. So ein Kerl kann einem zwar das Leben sauer machen, aber ein Mörder ist er nicht. Und du bist noch viel weniger einer.«

Er hatte ja so Recht! Und wie er Philipp beschrieben hatte, das hätte ich nicht besser machen können. Mein Misstrauen war gänzlich verschwunden und ich ging erleichtert auf den Meister zu.

Plötzlich sah ich aus den Augenwinkeln jemanden hinter dem Herd hervorkommen. Verdammt, eine Falle, dachte ich, wirbelte herum und wollte gerade davonstürzen, da hörte ich ein zartes, schüchternes »Lorenz!«. Gleich darauf umfing ich Maria mit meinen Armen und wurde von ihr behutsam wie ein schwer verwundeter Held zu Michael geleitet.

Besorgt musterten mich die beiden im Schein der Lampe. »Du siehst ja furchtbar aus«, meinte Michael, »völlig verkratzt und zerstochen . . .«

»Ach, das ist gar nichts«, winkte ich ab, »das sind nur Äußerlichkeiten. Mein Inneres müsstet ihr sehen, völlig hohl, vom Durst ausgedörrt und vom Hunger zerfressen . . .«

Gleich darauf hatte ich einen großen Becher mit

kühlem Bier geleert und kaute zufrieden an einem Stück Brot mit Speck.

»Was hat Stefan eigentlich gewollt?«, fragte ich beiläufig.

»Ach, völlig verqueres Zeug hat er wissen wollen. Ob einer von meinen Weinen vielleicht verdorben ist, sodass man nach ein paar Gläsern schläft wie ein Toter und am nächsten Morgen kaum noch weiß, wer man ist. Ob sich vielleicht Unbefugte Zutritt zum Weinkeller verschaffen und irgendein Gift in ein Fass schütten können. Deswegen kommt er mitten in der Nacht und holt mich aus dem Bett!«

»So eine Ungezogenheit«, stimmte ich zu und mühte mich, mir meine Spannung nicht anmerken zu lassen, »Euch gegenüber, wo Eure Weine doch samt und sonders erstklassig sind.«

»Das will ich meinen!«

»Und bestimmt lasst Ihr auch nicht zu, dass ein Unbefugter sich an einem Fass zu schaffen macht!«

»Du sagst es!« Der Koch klimperte mit dem Bund an seinem Gürtel. »Den Schlüssel trag ich ständig bei mir.«

Ich fügte dem Bild, das ich mir allmählich vom Safranmord machte, ein weiteres kleines Mosaiksteinchen hinzu und widmete mich dann meinem Speckbrot.

»Habt Ihr was von Philipp erfahren?«, erkundigte ich mich mit vollem Mund.

»Sie haben deinen Ritter ins Lochgefängnis unterm Rathaus geschafft«, sagte der Koch bestimmt. »Dort werden sie ihn wohl ein paar Tage lang schmoren lassen, bevor sie ihn auf die Streckbank schnallen. Wenn er gestanden hat, kommt er vors Hochgericht des Inneren Rats.«

Mir blieb der Bissen im Hals stecken. Natürlich, man würde den armen, dicken Philipp peinlich befragen, und dass er beim ersten kleinen Schmerz sämtliche Mordtaten der letzten zehn Jahre gestehen würde, daran gab es keinen Zweifel. Ich musste eingreifen. Aber wie? Selbst wenn ich beweisen konnte, wer den Mord begangen hatte, wer würde mich anhören, mich, einen fünfzehnjährigen, heimatlosen Habenichts? Einen Burschen von zweifelhafter Herkunft und ohne Bürgerrecht? Die ganze verdammte Geschichte wuchs mir über den Kopf und ich war mit meinem Latein ziemlich am Ende.

Man musste mir den Schock wohl angesehen haben, denn Michael meinte mitfühlend: »Am besten, du schläfst dich erst mal aus. Heute Nacht kannst du ohnehin nichts mehr tun.«

Fast hätte ich der Versuchung nachgegeben. Eine ordentliche Portion warmen, gewürzten Wein und dann schlafen, schlafen und bis morgen alles vergessen.

Aber meine Vorstellungskraft war einfach zu lebhaft. Ich sah meinen unglücklichen Ritter vor mir, seiner ganzen Würde beraubt, festgebunden auf einem hölzernen Gestell, wie er mittels irgendeiner schrecklichen Maschine in die Länge gezogen wurde, fühlte die Schmerzen in seinen Gliedern, sah uns beide – ihr vierzehn Nothelfer, steht mir bei! – einträchtig nebeneinander am Galgen baumeln.

Energisch schüttelte ich den Kopf.

»Schlafen kann ich am Tag«, sagte ich. »Heute Nacht muss ich noch etwas erledigen. Aber ich brauche eure Hilfe.«

»Wir können doch gar nichts tun!« Maria war nahe daran, zu weinen. »Ich finde, du solltest dich an unsere Herrin wenden. Sie ist so gütig, sie wird dir nach Kräften beistehen, ich weiß es. Wenn du willst, gehe ich sie gleich wecken. Sie wird mich bestimmt erst schrecklich schimpfen, aber dann wird sie dir helfen. Sie kennt die wichtigsten Männer in der Stadt, niemand kann ihr etwas abschlagen!«

Für kurze Zeit vergaß ich meine Sorgen und wünschte mir nichts sehnlicher, als dieses süße Mädchen zu umarmen und mich mit ihr hinter den warmen Ofen zu verkriechen. Ach Lorenz, eines Tages wird auch dir das Glück lachen!

»Im Moment geht das noch nicht«, wehrte ich ab und streichelte sanft Marias mausbraune Locken. »Erstens ist jetzt Nacht und ihre einflussreichen Freunde schlafen alle. Zweitens muss sich auch Frau Christine den Gesetzen fügen. Solange sich Philipps Unschuld nicht herausgestellt hat, kann sie gar nichts für ihn tun. Erst am Gerichtstag kann sie für ihn bürgen oder sonst für ihn sprechen. Wenn es so weit ist, werde ich sie auch darum bitten. Aber bis dahin habe ich noch eine Menge Arbeit. Also was ist, helft ihr mir?«

»Sag uns, was du brauchst«, erwiderte Michael knapp, während Maria mit leuchtenden Augen nickte.

»Zuerst mal einen Unterschlupf für den Tag«, überlegte ich. »Damit mich die Leute des Schultheißen nicht erwischen. Denn wenn ich auch eingesperrt werde, ist alles verloren. Außerdem, und das ist fast noch wichtiger, Stefan darf mich auf keinen Fall finden . . .«

»Wieso nicht?«, fragte Michael forschend.

»Ich glaube, er hat etwas mit dem Mord zu tun«, erklärte ich und beeilte mich hinzuzufügen, als ich die ungläubigen Gesichter der beiden sah: »Nein, nein, ich weiß nicht sicher, ob er der Mörder ist, da kommen auch noch etliche andere in Frage. Aber er . . . na ja, ihr werdet schon gemerkt haben, dass er mich nicht riechen kann . . .«

Rasch erzählte ich, was sich auf meiner Flucht und in Stefans Kammer abgespielt hatte. Ein paar Einzelheiten allerdings ließ ich aus . . .

»Ihr seht also, ich kann ihm nicht trauen«, schloss ich.

Als ich geendet hatte, sah mich Michael nachdenklich an. Damals wusste ich seinen Blick nicht recht zu deuten, aber heute ist mir klar: Wer so gut kocht, den kann man nicht so leicht hinters Licht führen. Er hatte mehr erraten, als ich preisgegeben hatte. Dass er beschloss mir zu helfen, geschah nicht nur aus Mitleid; denn ihm war klar, dass ein Unschuldiger im Gefängnis saß. Und das störte seinen Sinn für Harmonie wie zu viel Salz in einer Soße oder eine Raupe im Salat.

»Du kannst in den Vorratskeller«, meinte er. »Dorthin kommt Stefan nie, da hat er nämlich nichts zu suchen. Und auch sonst niemand.«

»Großartig«, sagte ich dankbar. »Und dann bräuchte ich noch ein langes Seil, ein paar von den Haken, mit denen Ihr Eure Schinken in den Rauchfang hängt, eine windsichere Laterne und . . . und irgendwas, womit ich mich verteidigen kann, wenn mir wieder jemand an die Gurgel will.«

Es dauerte nicht lange und Seil, Haken und Laterne waren beschafft. Schließlich brachte Michael noch ein hölzernes Ding, aus einem Stück geschnitzt, hinten dünn und mit einem Knauf versehen, vorne dick und rund. »Damit haue ich den Fischen auf den Kopf, bevor ich sie schlachte.« Viel sagend fügte er hinzu: »Bei denen wirkt es ausgezeichnet.«

Ich schob es in meinen Gürtel, hängte mir Seil und Haken über den Arm und griff nach der Laterne.

»Sei vorsichtig!«, bat Maria.

»Heut wird es nicht gefährlich«, beruhigte ich sie. »Höchstwahrscheinlich wird mir kein Mensch begegnen. Bloß ein bisschen klettern muss ich. Lang vor Morgengrauen bin ich zurück. Bestimmt.«

»Wir werden auf dich warten.« Michael setzte meine Laterne in Brand. »Pass auf dich auf!«

Gleich darauf stand ich wieder im Hof, die Laterne hatte ich sorgsam abgeschirmt. Es war wirklich nichts Aufregendes, was ich zunächst zu erledigen hatte. Ich musste nämlich dem Lager nochmals einen Besuch abstatten. Die Frage war nur, ob ich vom Hof oder von der Straße aus hineinklettern sollte. Hier drinnen konnte mich Stefan sehen, falls er aus dem Fenster spähte, draußen bestand die Gefahr, dass ein Stadtwächter im dümmsten Augenblick am Haus vorüberpatroullierte.

Ich beschloss auf Nummer sicher zu gehen und lief ins Nachbargrundstück hinüber. Der Efeu musste noch einmal herhalten, um mich aufs Dach zu befördern. Am Kamin verhakte ich mein Seil, ließ mich ein Stück daran hinunter und schlüpfte durch eines der schmalen Fenster ins Lager. Das Seil zog ich hinter mir her, es war lang genug, sodass ich bequem bis auf den Boden gelangte.

Jetzt erst wagte ich die Blende von meiner Laterne zu entfernen. Mir war mehr als unbehaglich zu Mute. Die Säcke, Fässer und Tonkrüge warfen seltsame, im fahlen Licht verzerrte Schatten; die Leiche hatte man zwar entfernt, aber die große Blutlache war noch deutlich zu sehen. Ganz in der Nähe stand der Tonkrug, der mir am Morgen aufgefallen war. Rasch bückte ich mich zu ihm hinunter und leuchtete ihn an. Ich sah genau das, was ich erwartet hatte: rostbraune Schmiere, dunkler als Ton, inzwischen eingetrocknet und so verwischt, dass kein Richter der Welt mehr etwas anderes erkennen würde als einen nichts sagenden Blutfleck, den Gott weiß wer dort hinterlassen haben konnte.

Da war nichts zu machen, aber ich war hauptsächlich wegen etwas anderem hergekommen. Ich lief zum anderen Ende des Lagers, schob Bündel und Ballen, die dort aufgetürmt waren, beiseite und stellte zufrieden fest, dass ich mich nicht geirrt hatte.

Jetzt wusste ich, wie der Mord passiert war. Nur mit dem Warum musste ich mich noch befassen.

In aller Bescheidenheit darf ich sagen: Ich hatte auch da schon einen Verdacht. Allerdings war mir sehr wohl bewusst, dass meine Probleme damit erst begannen. Denn ich hatte zwar eine Vorstellung davon, was zu tun war, aber große Zweifel, dass ich es auch schaffen würde.

Als Nächstes stand nämlich ein Einbruch in einem Haus voller Leute auf dem Programm. Und das war noch längst nicht alles . . .

Michael und Maria, die beiden treuen Seelen, warteten auf mich, als ich einigermaßen müde und erschöpft von meiner nächtlichen Kletterei in die Küche zurückkam. Ich setzte mich zu ihnen.

»Hast du herausgefunden, was du wissen wolltest?«, fragte Maria.

Ich nickte wortlos.

»Dann weißt du, wer der Mörder ist? Los, sag's uns!«, drängte sie.

Bis heute habe ich den Blick nicht vergessen, den sie mir dabei zuwarf. Längst nicht nur Neugier lag darin; ich las Bewunderung, Zuneigung, Sorge, Mitgefühl, all das, was der gute alte Lorenz bisher nicht gerade im Übermaß bekommen hatte.

In was für eine trübe Zeit bin ich hineingeboren, in der ein netter, gescheiter Junge und ein herzensgutes Mädchen sich nicht einfach zusammentun und glücklich werden können!

Vielleicht ist es aber auch nur mein persönliches Schicksal, das mich immer dann in Schwierigkeiten geraten lässt, wenn ich mich unsterblich verliebt habe – oder umgekehrt.

In jener Nacht jedenfalls, als mir die süße Maria

so tief in die Augen schaute, hatte ich die Nase gründlich voll von falschen Verdächtigungen und Unschuldsbeweisen, von Morden und Mördern und besonders von meinem Gefährten, der mich erst in diese Lage gebracht hatte.

Was hätte ich darum gegeben, ein kleiner Bauer zu sein, der, seine Frau im Arm, zufrieden auf seine fünf Kinder und sein wohlwollendes Feld blickt, anstatt mit einem Schreihals und Aufschneider durch die Lande ziehen und alle naslang sein Fell retten zu müssen.

Reiß dich zusammen, Lorenz, vielleicht klappt es ja noch, du bist schließlich erst fünfzehn!

»Ich möchte lieber noch nichts sagen«, erwiderte ich und gab den Blick so feurig zurück, wie ich konnte. »Bei einer so schweren Anschuldigung, da muss man schon ganz sicher sein, verstehst du?«

Sie verstand es, die Liebe. Gemeinsam mit Michael brachte sie mich in die Vorratskammer; hinter Säcken von Mehl und Hirse hatten sie mir ein Lager aufgeschlagen. Es war zwar staubig da wie unter dem Hemd eines Karthäusers, aber weich und behaglich, und Wein und Mandelkuchen standen auch schon dort.

»Mach dir keine Sorgen, hier bist du erst mal in Sicherheit«, sagte Michael. »Hast du schon einen Plan, was du als Nächstes tun willst?«

»Jaaah«, gähnte ich, denn ich konnte mich kaum noch aufrecht halten. »Da ist noch ein Haus, dem ich unbemerkt einen Besuch abstatten muss.«

»Lass dich bloß nicht erwischen! Brauchst du noch etwas?«

»Nein – ich habe alles, Seil, Haken, Waffe, Laterne, doch, ein Messer mit starker Klinge, mit dem man notfalls ein kleines Schloss aufbrechen kann. Ach ja, und Feder, Tinte und ein großes Stück Pergament.«

Der Koch machte große Augen. »Wozu willst du denn Schreibzeug?«

Irgendwie kränkte mich das. »Zum Ochsenmelken natürlich«, sagte ich darum patzig. »Wozu braucht man sonst Schreibzeug?«

Michael hob versöhnlich die Hand. »Nichts für ungut! Es ist ja nicht gerade alltäglich, dass ein Bursche wie du lesen und schreiben kann.«

Da hatte er allerdings Recht. »Es ist wichtig. Ich brauche es unbedingt.«

»Gut, ich besorge es dir.« Michael wandte sich zum Gehen. »Damit dich auf keinen Fall jemand entdeckt, schließe ich dich ein.« Als er sah, dass sich Maria an mich klammerte, lächelte er. »Oder besser gesagt, euch. Aber sei vorsichtig, Lorenz, damit kein Unglück passiert. Du weißt, was ich meine!«

Auf leisen Sohlen ging er hinaus, der Schlüssel klirrte im Schloss, wir waren allein. Weiß der Teufel, wie es zuging, aber auf einmal war meine Müdigkeit wie weggeblasen, und als ich Maria in die Arme nahm, zitterten meine Knie, aber nicht mehr vor Erschöpfung.

Was soll ich noch viel erzählen? In dieser Nacht erfuhr ich, der mausbraune, sommersprossige Lorenz, zum ersten Mal die Freuden der Liebe. Und es war noch viel wunderbarer, als ich es mir vorgestellt hatte.

Als ich erfrischt und gestärkt erwachte, war Maria schon fort. Bestimmt war es schon lange Tag, feststellen konnte ich es nicht, an meinem Zufluchtsort gab es keine Fenster.

Nicht weit von meinen Füßen brannte eine Talgfunzel, Bier und Brot standen daneben. Für kurze Zeit genoss ich den Nachgeschmack der Küsse und die Vorfreude auf das Frühstück. Dann fiel mein Blick auf das Seil und die anderen Hilfsmittel der mir bevorstehenden, unerfreulichen Forschungstätigkeit, und meine gute Laune schwand. Hungrig, aber ohne Vergnügen schlang ich meine Mahlzeit hinunter.

Ich war gerade damit fertig, als Michael hereinkam. Nach einem kurzen Gruß hockte er sich bei mir nieder. Ich sah ihm an, dass er schlechte Nachrichten hatte.

»Was ist passiert?«, fragte ich und bemühte mich meine Angst nicht hören zu lassen.

»Ich habe vorhin mitgekriegt, wie Stefan und einer der Kontoristen sich unterhalten haben. Für deinen Freund wird es jetzt bald ungemütlich werden. Morgen hat er noch Schonzeit, weil Sonntag ist, aber Montag wird man ihn strecken oder ihm die Daumenschrauben anlegen.«

Mir fuhr der Schreck wie ein Armbrustpfeil in die Brust.

»Wie spät ist es?«, fragte ich hastig.

»Die zwölfte Tagesstunde dürfte vorbei sein.«

Mein Gott, so lang hatte ich geschlafen!

»Hast du mir besorgt, worum ich dich gebeten habe?«

Michael hielt mir beide Hände hin. »Das Messer, Feder und Tinte. Pergament habe ich keins, aber hier sind ein paar Blätter von einem andern Material, das man genauso gut nehmen kann. Papier heißt das Zeug.«

Er ließ mich allein und ich machte mich an die schwierige Aufgabe, einen Brief zu schreiben. Ich kann mich nicht daran erinnern, dem dicken Philipp jemals für etwas dankbar gewesen zu sein – wieso auch. An diesem Tag war ich es, weil er mir die Kunst des Schreibens beigebracht hatte. Denn sie sollte ihm und mir, so sah es mein Plan jedenfalls vor, den Kopf retten.

Als ich fertig war, legte ich das Papier sorgfältig zusammen und band es mit einem Stück Schnur an meinem linken Oberarm fest. Heute Nacht, nach getaner Arbeit, würde ich es weiterleiten, ganz gleich, ob ich Erfolg gehabt hatte oder nicht. Denn nur so konnte Philipp davor bewahrt werden, am Montag mit dem Henkersknecht Bekanntschaft zu machen.

Leider war das noch nicht alles, was ich schreiben musste. Denn immerhin war es möglich, dass ich heute Nacht außer Gefecht gesetzt wurde; was mir alles passieren konnte, das mochte ich mir gar nicht ausmalen. Für den Fall wollte ich vorsorgen: Der Schultheiß sollte alles, was ich herausgefunden hatte (und auch das, was ich mir nur zusammenreimte) erfahren. Ich glaube zwar nicht, dass es viel helfen würde, aber ich wollte nichts unversucht lassen, und etwas anderes konnte ich ohnehin nicht tun.

Als ich alles aufgeschrieben hatte, war meine Zunge wund, so lange hatte sie es zwischen meinen Vorderzähnen aushalten müssen – schließlich bin ich nicht sonderlich geübt.

Ich war gerade fertig, da kam Michael zurück.

»Wenn etwas schief geht heute Nacht oder morgen«, sagte ich und reichte ihm die zusammengefalteten Blätter, »sorgt Ihr dann dafür, dass das hier in die Hände des Schultheißen kommt?«

»Du kannst dich darauf verlassen«, erwiderte er. »Und jetzt sag mir, wohin du willst. Schließlich muss ich dir den Weg dahin beschreiben!«

Bei allen Heiligen, was war ich für ein Trottel! Daran hatte ich überhaupt nicht gedacht.

»Ich muss in das Haus von Peter Stenglein«, erklärte ich.

Michael nickte. »Das ist nicht besonders weit. Pass auf . . .« Er streute eine Hand voll Mehl auf den Boden und machte eine kleine Skizze, die ich mir einprägte. Den Weg würde ich im Schlaf finden.

Doch Michael war noch lang nicht zufrieden. »Wo willst du denn ins Haus hinein?«, fragte er.

»Das kann ich erst sagen, wenn ich dort bin«, meinte ich. »Wahrscheinlich durch das Fenster im Kontor, da kann ich ziemlich sicher sein, dass ich niemanden aufwecke.«

»Ach ja? Und hast du auch daran gedacht, dass das Fenster verglast sein könnte?«

Hatte ich nicht!

»Du bist mir ein schöner Dieb«, sagte Michael tadelnd. Er holte mir ein altes wollenes Gewand, das er an einer Seite dick mit Honig beschmierte.

»Knüll es zusammen, kleb die Honigseite ans Fenster und hau dann kräftig drauf«, wies er mich an. »Das Glas geht entzwei, bleibt aber an dem Honig kleben und macht keinen Lärm. Außerdem solltest du ein paar Brocken rohes Fleisch mitnehmen, denn es gibt bestimmt einen Hund.«

Was hätte ich nur ohne ihn gemacht! Er blieb noch eine Zeit lang bei mir sitzen, und wir plauderten über Gott und die Welt, und je länger wir uns unterhielten, desto mehr bewunderte ich ihn für seine weisen Ansichten, seinen Witz und seinen

Verstand. Ich habe seitdem Grafen und Fürsten kennen gelernt, Bischöfe und Äbte, Klosterfrauen und Doktoren und was es sonst noch an gescheiten Leuten gibt, aber bis heute habe ich selten jemanden getroffen, der Michael, den Koch, an Klugheit übertraf. Das verwundert mich durchaus nicht. Denn wer dem Gaumen schmeicheln und den Magen befriedigen, wer die Menschen mit Essen und Trinken glücklich machen will, der muss wissen, wie er die Harmonie des Geschmacks erzeugen kann. Und das bringt nur einer fertig, der reichlich Verstand und Herz besitzt.

Schließlich erhob er sich. »Es ist Zeit für das Abendessen. Unsere schöne Herrin speist heute ohne Gäste; da sitzen auch die höheren Ränge des Personals am Tisch.«

»Seid vorsichtig, damit Stefan keinen Verdacht schöpft«, warnte ich. »Wenn er mich hier findet, geb ich für mein junges Leben keinen Heller mehr.«

»Mach dir keine Sorgen. Ich schließ dich wieder ein. Heute Nacht komm ich vorbei und lass dich raus. Soll ich dir inzwischen Maria herschicken?«

Ich schüttelte bedauernd den Kopf. »Besser nicht. Wie's der Teufel will, fragt ausgerechnet heute jemand nach ihr und sie ist nicht da. Außerdem bin ich reichlich aufgeregt. Lass mich lieber meinen Plan in Ruhe überdenken.«

Als ich allein war, spürte ich, wie sich das widerliche Kribbeln in meinem Bauch ausbreitete. Dieses Kribbeln, das ich kannte, seit ich ein kleiner Junge war.

Ich spürte es immer, wenn mir der Gastwirt, bei dem meine Mutter und ich lebten (hoffentlich schmort er inzwischen schon in der Hölle!), wieder einmal Prügel angekündigt hatte. Je näher dann der Zeitpunkt kam, zu dem ich den handgreiflichen Segen empfangen sollte, desto stärker wurde das Kribbeln, bis es im Gewitter der Schläge endete und durch die Schmerzen im Hinterteil abgelöst wurde.

Heute war es eher noch schlimmer, weil ich nicht einmal wusste, was mir bevorstand. Möglich, dass die Prügel von damals dagegen die reinste Liebkosung gewesen waren.

Ich nahm einen Schluck Wein, das half ein bisschen gegen das Kribbeln. Vier Schlucke Wein hätten viermal besser geholfen und nach zehn Schlucken wäre es vielleicht ganz verschwunden. Doch wer für die Nacht vorhat an anderer Leute Häuser herumzuklettern, sollte mit dem Wein sehr vorsichtig sein.

Nach einer schier endlosen Zeitspanne, während der ich mich hundertmal gefragt, ob das auch richtig war, was ich vermutete, und mir tausendmal ausgemalt hatte, was alles bei meinem geplanten Unternehmen schief gehen konnte, hörte ich das Rasseln des Schlüssels. Michael kam zurück. Und er brachte noch jemanden mit.

»Sie wollte dir unbedingt Glück wünschen«, erklärte er.

Maria küsste mich zart.

»Ist es sehr gefährlich, was du jetzt vorhast?«, erkundigte sie sich besorgt.

»Nicht besonders«, erwiderte ich tapfer, obwohl das Kribbeln inzwischen so stark war, als ob mir jemand die Bauchdecke mit einer Mistgabel kratzte. Von innen, versteht sich.

»Und wirst du dann den Mörder auch entlarven, damit dein Herr wieder freikommt und damit dich niemand mehr verdächtigt?«

»Bestimmt«, versprach ich forsch, »ganz bestimmt werde ich das.«

Wenn ich doch nur halb so sicher gewesen wäre, wie ich tat!

Wieder bekam ich einen Kuss und mein Verlangen, mich allein in die finstere Nacht hinauszuwagen, wurde noch geringer, als es ohnehin schon war. Bevor es ganz schwand, überprüfte ich rasch mein Bündel: Seile, Messer, Fischtotschläger, der Lappen mit dem Honig, alles da. Michael reichte mir die Laterne und drückte mir dann noch ein Leinensäckchen in die Hand, aus dem mir ein infernalisches Düftchen in die Nase stieg, sodass ich kaum noch Luft kriegte: »Das Fleisch, falls ein Hund da ist. Es ist schon ein bisschen alt. Aber Hunde mögen das.«

Schön und gut, dachte ich, aber was nützt mir

das, wenn ich unterwegs von dem Gestank tot umfalle, und hielt das Säckchen so weit wie möglich von mir weg, verabschiedete mich und huschte davon.

»Pass auf, dass die Laterne nicht ausgeht«, flüsterte Michael mir noch nach. Maria hauchte mir ein »viel Glück« hinterher, dann war ich schon in der Küche.

Am Herd blieb ich stehen, fasste an die rußgeschwärzten Seiten des Kamins und rieb mir das Gesicht ein. Augenblicke später glitt ich in die Nacht hinaus.

Ich bin schon bei Tag nicht gerade eine Aufsehen erregende Erscheinung, aber in dieser Nacht, in der der Himmel wolkenverhangen war, im dunklen Kittel, mit geschwärztem Gesicht, war ich so unscheinbar, dass mich selbst der Papst auf der Suche nach verirrten Seelen nicht entdeckt hätte. Die Laterne, die gerade so weit geöffnet war, dass das Flämmchen nicht erstickte, hatte ich mit dem Fleischsäckchen abgeschirmt.

Den Weg zum Haus des seligen Peter Stenglein fand ich ohne Schwierigkeiten: Wer so gut klettert und stiehlt wie ich, der verläuft sich nicht, auch in der schwärzesten Nacht nicht.

Vorsichtshalber trieb ich mich noch eine Zeit lang in der Gegend herum, um den Bewohnern des Hauses Zeit zu geben, richtig fest einzuschlafen.

Ein paar Mal schrie ein Käuzchen, einmal

schlurfte einige Gassen weiter eine Wache vorbei, sonst war es still.

Allmählich wurde es Zeit. Auf geht's, Lorenz, stell dich nicht an, das bisschen Einbrechen ist doch überhaupt kein Problem für dich! Mein Bauch, vom langen Kribbeln zermürbt, war anderer Meinung, aber meine Füße waren stärker. Unhörbar schlichen sie mit mir auf das Haus zu. Unhörbar leider nur für menschliche Ohren: Kaum hatte ich nämlich das große, zweiflügelige Tor in der Mitte des Gebäudes erreicht, ertönte dahinter ein verhaltenes Knurren. Es klang wie das Knurren eines etwas größeren Hundes von der Sorte, die man, wenn man nicht ganz genau hinschaut, mit einem Pferd verwechseln kann.

Wunderbar für meine Gesundheit, dass diese Bestie sicher hinter Tor und Riegel war, doch wie sollte ich sie am Krachmachen hindern, wenn ich ihr das Fleisch nicht geben konnte?

Ich bückte mich und tastete behutsam den unteren Rand des Tores ab. Das Knurren wurde lauter.

Da gab es eine Unebenheit im Boden, einen Spalt, der vielleicht breit genug war . . .

Entsetzt zog ich meine Hand zurück, etwas Feuchtes, Kaltes hatte sie berührt, das Knurren wurde durch kurze Kläffer und bösartiges Schnappen unterbrochen.

Ich kannte die Anzeichen! Gleich würde der Köter ganz Nürnberg aufwecken!

Schleunigst griff ich in das Leinensäckchen, riss das Fleisch heraus und stopfte es in den Spalt. Pfoten scharrten, Kiefer klappten, schlagartig verwandelte sich das Knurren in zufriedenes Schnüffeln und Schlabbern.

Erleichtert richtete ich mich auf und wischte mir den Schweiß von der Stirn. Meine Hände rochen wie eine tote Maus, die ein paar Wochen im Keller vor sich hin gefault hat, doch das konnte ich jetzt nicht ändern. Nichts wie rein ins Haus!

Zweimal ließ ich die Laterne kurz aufblitzen, dann hatte ich alles Nötige gesehen: vier Fenster, nicht allzu hoch über dem Boden, keine Gitter, aber blinkende Scheiben, davor breite Simse. Ein Klimmzug, ein rascher Schwung und ich kauerte auf einem von ihnen.

Michael, falls es einen Heiligen der Diebe gibt, soll er dich für deine weise Voraussicht segnen!

Ich klebte den Honiglumpen auf die Scheibe und schlug einmal mit der geballten Faust kräftig dagegen. Nur ein gedämpftes Knacken und Platzen war zu hören.

Unendlich vorsichtig zog ich den Lappen zurück, eine einzelne Scherbe klirrte zu Boden. Mir klang es wie das Schmettern der Posaunen am jüngsten Tag in den Ohren und ich lauschte atemlos in die Dunkelheit. Doch ich hörte nur das Schlagen meines Herzens und das Schmatzen des Köters. Sonst blieb alles still.

Behutsam langte ich durch die Öffnung und entriegelte das Fenster. Der hölzerne Rahmen gab mit leisem, seufzendem Knarren nach, als ich dagegen drückte. Der Weg war frei, ich zögerte nicht länger und sprang nach innen.

Wenn jemand in einen riesengroßen Raum springt, auf dessem Boden eine einzige klitzekleine Scherbe liegt, wie groß ist dann die Wahrscheinlichkeit, dass dieser Jemand es schafft, mit seinem bloßen Fuß in die Scherbe hineinzutreten? Bestimmt nicht sehr groß. Ich schaffte es.

Etwas Spitzes bohrte sich in meine Sohle, ein leises »Au!« und ein weniger leises »Verdammte Schweinepisse!« entfuhren mir, bevor ich überhaupt wusste, was ich tat.

Wieder blieb mir das Herz fast stehen, wieder lauschte ich mit angehaltenem Atem. Aber, allen Heiligen sei Dank, nichts rührte sich.

Endlich wagte ich meine Laterne aufzublenden.

Als Erstes sah ich, dass reichlich Blut aus meinem Fuß hervorquoll, aber das kümmerte mich nicht weiter. Schließlich war er selbst schuld, der Fuß, wäre er halt woanders hingesprungen.

Viel mehr interessierte mich, was ich sonst entdeckte. Ich war nämlich genau da, wo ich hinwollte.

An den Wänden Regale, in deren Fächer lederne Mappen gestapelt waren, prall gefüllt mit Pergamentblättern. Ein paar geschnitzte Stühle, Schreibpulte, eine schwere Truhe mit Beschlägen aus Eisenblech.

Kein Zweifel, das war das Kontor des verstorbenen Peter Stenglein, hier musste zu finden sein, was ich suchte.

Und was das war? Peter Stenglein musste etwas besessen haben, das ihn für jemanden zu einer Bedrohung machte, einer so fürchterlichen Bedrohung, dass dieser Jemand auch vor einem Mord nicht zurückgeschreckt hatte, um sie aus der Welt zu schaffen. Jetzt war Peter tot. Aber ich hoffte, dass das, was er besessen hatte, sich noch hier befand, ungefährlich für den Mörder, solange es niemand entdeckte.

Was besaß ein Handelsherr wie Peter? Waren, Geld, Schuldverschreibungen? Eine Schuldverschreibung konnte es sein, hatte ich mir gedacht, eine mit besonders peinlichen Bedingungen . . .

Vielleicht gab es sie. Vielleicht hatte sie noch niemand gefunden. Vielleicht würde ich sie aufstöbern.

Ziemlich viele Vielleichts. Ich machte mich trotzdem auf die Suche.

Aber wo anfangen? Ich hob die Laterne und leuchtete ratlos die Reihen der Regale ab. Was ich suchte, waren ein paar Blätter, vielleicht nur ein einziges . . .

Wie auch immer, Zögern brachte mich nicht weiter, die Zeit drängte.

Leise ächzend wuchtete ich einen der Stühle an das erste Regal, stieg hinauf und nahm einen Packen aus dem obersten Fach. »Verona. Giuseppe Sammartini. Tuchhandel. A.I.D. MCDXI« stand darauf. Das schien eine Art Geheimschrift zu sein, bis auf »Tuchhandel« konnte ich mit keinem der Wörter und Zeichen etwas anfangen. Immerhin, mit Tuchhandel hatte das, was ich suchte, nichts zu tun. Also weg damit, den nächsten Packen her! Tuchhandel! Den nächsten, den übernächsten. Nichts, Tuchhandel.

Zweites Fach, mittleres Fach, viertes Fach, unteres Fach. Nichts außer Tuchhandel.

Nächstes Regal, oberstes Fach, erster Stapel, zweiter, dritter. Hier verstand ich immerhin ein bisschen mehr, Augsburg las ich nämlich und den Namen Welser. Tuchhandel selbstverständlich, zweites, drittes, viertes, fünftes Fach, drittes Regal – diesmal Gewürzhandel, sonst nichts. Und so ging es weiter, nichts außer Listen, Rechnungen, Kalkulationen, Spinnweben und Staub.

Während ich ein Niesen nach dem anderen unterdrückte, überlegte ich verzweifelt, wie ich meine Suche beschleunigen konnte. Das würde Stunden dauern. Wenn es überhaupt . . .

Ein fürchterlicher Gedanke durchzuckte mich. Wer sagte denn, dass das Dokument, das ich finden wollte, nein, finden musste, wenn ich Philipps und meine Haut retten wollte, in einer eigenen Akte zu finden war, schön ordentlich mit Namen und

Datum beschriftet? Vielleicht lag es irgendwo zwischen zwei harmlosen Rechnungen über Pfefferkörner oder Zimtstangen? Dann konnte ich suchen, bis ich schwarz wurde!

Der kalte Schweiß brach mir aus. Heiliger Laurentius, hochverehrter Namenspatron, lass nicht all die Mühe und all meine scharfsinnigen Schlussfolgerungen umsonst gewesen sein!

Irgendwie rechnete ich fast damit, dass er mir weiterhelfen würde, denn ich war nicht sonderlich erstaunt, als sich meine Augen, kaum dass ich ihn angerufen hatte, auf die Truhe richteten, die auf dem Boden stand.

Aber natürlich! Natürlich würde man ein so wichtiges Dokument niemals einfach in ein Regal legen – so was bewahrte man unter Verschluss auf!

Schon kniete ich neben der Truhe, zückte die starke Klinge, die Michael mir verschafft hatte, und ließ sie entgeistert wieder sinken.

Da musste ich nichts mehr aufbrechen, das hatte schon jemand vor mir erledigt.

Hastig hob ich den Deckel und durchwühlte den Inhalt der Truhe. Ein Säckchen mit Münzen, das ich vorsichtshalber zu mir steckte, damit es nicht noch verloren ginge, ein Stoß Schuldverschreibungen mit Namen, die mir samt und sonders nichts sagten – das war alles.

Meine Enttäuschung war so groß, dass ich nahe am Heulen war. Hier war drin gewesen, was ich suchte, ich war ganz sicher. Oh heiliger Laurentius, wie konntest du mir das antun! So kurz vor dem Ziel war mir jemand zuvorgekommen und hatte meinen schon greifbaren Triumph in eine fürchterliche Niederlage verwandelt. Jemand, der vor zwei Nächten dem Eigentümer dieses Hauses den Hals durchgeschnitten hatte! Er hatte sich kurz entschlossen hier Einlass verschafft und den wichtigsten Beweis seiner Schuld vernichtet.

Niedergeschmettert sank ich auf die Truhe.

Obwohl . . . Ich kämpfte meine Verzweiflung nieder und zwang mich nachzudenken.

Es war gar nicht so einfach, hier einzubrechen . . . der Hund, die Fenster, die verschlossene Truhe . . . wann sollte es außerdem geschehen sein? Der Mord lag ja erst zwei Nächte zurück!

Wäre es nicht möglich, dass . . . Lorenz, denk nach! Nimm deinen Verstand zusammen, auf den du dir so viel einbildest, du brauchst ihn nötiger denn je!

Wäre es nicht möglich, dass ein Bewohner dieses Hauses in aller Ruhe und ungestört die Truhe aufgebrochen und das Dokument an sich genommen haben könnte? Ein Bewohner, den ich schon einmal gesehen hatte, am ersten Abend im Haus unserer schönen Gastgeberin?

So musste es einfach gewesen sein – Heiliger Laurentius, du darfst wieder gutmachen, was du angerichtet hast!

Auf Zehenspitzen schlich ich aus dem Kontor in den Hausflur. Das Laternchen ließ mich noch immer nicht im Stich, es brannte ruhig und gleichmäßig und zeigte mir eine Treppe, die steil nach oben führte.

Mein Gefühl sagte mir, dass ich da hinaufmusste, in das winzigste und zugigste Kämmerchen im ganzen Haus, das gerade noch ein bisschen besser war als ein Schlafplatz auf dem Küchenboden oder im Stall, der Stellung seines Bewohners angemessen.

Gesagt, getan, ich stieg die Treppe hinauf, doch mit jeder Stufe wurde mir unbehaglicher zu Mute. Was hatte ich eigentlich vor, wenn ich oben war? Wenn ich mich nicht sehr irrte, dann lag da oben im Dachstübchen einer und schlief.

Verzeiht mir die späte Störung, aber hättet Ihr die Güte, aufzuwachen? Ihr habt was geklaut, was ich auch klauen wollte. Ich brauch es aber dringender als Ihr, denn unter anderem hängt mein junger Hals dran, und vielmehr, er hängt eben nicht, wenn ich's kriege, versteht Ihr das?

Also, wenn ich er wäre, ich würde mir was husten.

Inzwischen war ich oben angelangt. Wie ich vermutet hatte, gab es da eine schmale Tür. Rein oder nicht rein, das war hier die Frage. Aber hatte ich eine Wahl? Zurückgehen hieß aufgeben. Also vorwärts, heiliger Laurentius, hilf!

Ich drückte auf die Klinke und zog die Tür langsam auf. Sie ächzte wie eine verdammte Seele, es fuhr mir ordentlich durch alle Glieder. Wer davon nicht aufwachte, der war entweder besoffen oder tot.

Als ich mich in die Kammer schob, spannte ich alle meine Muskeln an, denn ich rechnete fest damit, von einem Messer oder wenigstens einer Faust empfangen zu werden.

Aber nichts dergleichen passierte, ich hörte nur das ruhige Atmen eines friedlichen Schläfers. Auf Zehenspitzen näherte ich mich ihm und beugte mich zu ihm hinunter.

Da fuhren wie der Blitz zwei Arme empor, umklammerten mich, rissen mich herunter und warfen mich auf das Bett. Ein spitzes Knie bohrte sich in meinen Bauch, eine große Hand legte sich über meine Nase und meinen Mund, eine knochige Faust hämmerte gegen meine Rippen.

Verdammt, der Hundesohn hatte mich reingelegt! Ich zappelte heftig mit den Beinen und ruderte mit den Armen, eine ziemlich wirkungslose Verteidigung, denn weder Knie noch Hand noch Faust stellten ihre Tätigkeit ein. Langsam wurde mir die Luft knapp.

Ich ließ meinen linken Arm sinken und schob ihn behutsam in Richtung Gürtel, wo sich etwas schmerzhaft in meine Seite bohrte. Es war ein höchst willkommener Schmerz, denn er verhieß mir Rettung: Meine Hand schloss sich um das feste runde Holz, das sie ertastete, riss es heraus, schwang es nach oben und traf meinen Angreifer am Schädel.

Er sagte nicht einmal mehr »au!«, sondern setzte seinen eben unterbrochenen Schlaf sogleich fort.

Gepriesen seid ihr, Karpfen, Schleien, Hechte, Forellen und Zander für Euren Wohlgeschmack, denn ihm verdanke ich mein Leben! Würdet ihr schmecken wie Kröten und Würmer, niemand wäre auf die Idee gekommen, sich ein Holz zu schnitzen, um euch den Garaus zu machen! Bedankt sei auch du, mein Freund Michael, für deine weise Voraussicht!

Weit öffnete ich die Blende meiner Laterne und leuchtete meinem Gegner ins Gesicht. Dem schüchternen Kaufmannsgehilfen Peter Stengleins hätte ich so viel Kraft gar nicht zugetraut. Und dass er mir nichts, dir nichts die Geheimtruhe seines toten Herrn aufbrach und ein wichtiges Dokument stahl, schon gar nicht. Aber stille Wasser sind ja bekanntlich tief.

Vorsichtshalber wälzte ich ihn auf den Bauch und schnürte ihn mit meinem Kletterseil am Bett fest. Dann machte ich mich auf die Suche. Diesmal dauerte es nicht lang. An der Wand unter dem Fenster war eine Diele lose; darunter hatte er die Bodenfüllung weggekratzt. In der Höhlung lagen seine Ersparnisse, verdammt wenig war es, das sah ich auf einen Blick, und bei ihnen, in ein Tuch gehüllt, zwei doppelt gefaltete Pergamentblätter.

Ich weiß nicht, was mit mir los war, die Anstrengungen der letzten Tage waren wohl zu viel für mich gewesen, jedenfalls tat ich etwas Ungeheuerliches: Ich zog den Beutel aus Peters Truhe hervor, zählte eine ordentliche Zahl Goldstücke ab und legte sie in die Höhlung, als kleine Entschädigung. Heute noch überläuft es mich kalt, wenn ich daran zurückdenke. Es ist ein teueres Vergnügen, seinem guten Herzen nachzugeben!

Die Pergamentblätter nahm ich dafür an mich und deckte das Fach sorgsam wieder ab.

Als ich mich erhob, seufzte und grunzte der Bewohner der Kammer vernehmlich und machte Anstalten, den Kopf zu drehen. Ich konnte leider nicht zulassen, dass er mich erkannte, und mein Seil brauchte ich schließlich auch wieder. Ich klopfte ihm also nochmals mit dem Fischtotschläger über den Kopf, aber ich schwöre, dass ich es so rücksichtsvoll wie möglich tat.

Gleich darauf war ich wieder im Kontor, ein paar Augenblicke später stand ich auf der Straße.

Ich hatte versäumt für den Rückweg noch ein Stück Fleisch aufzuheben; prompt fing der verdammte Köter an zu bellen, als ob ein ganzes Dutzend Räuber in sein Revier eingedrungen wäre. Mir war das ziemlich gleichgültig; der Hund war drinnen, ich war draußen, was ich wollte, hatte ich. Also nichts wie weg, mochte er sich die Seele aus dem Leib kläffen, mich verschluckte die Dunkelheit, und sein heiseres Gebelle verfolgte mich nur wie ein ohnmächtiger Fluch aus vergangener Zeit.

Todmüde und dabei trotz aller Erschöpfung angespannt wie eine Armbrust vor dem Schuss erreichte ich bald darauf wieder das Haus der schönen Christine. Mein Herz schlug mir bis an den Hals, aber nicht mehr vor Angst oder Aufregung, sondern weil es triumphierte. Ja, ihr Gescheiten und Tüchtigen und Reichen, ihr, die ihr einen fünfzehnjährigen dünnen Burschen mit mausbraunem Haar und Sommersprossen nicht einmal bemerktet, wenn er vor euch stand, ihr Schultheißen, Herzensbrecher, Minnesänger, ihr schönen Witwen und erfolgreichen Kaufleute, der Lorenz war doch gescheiter als ihr!

Eben wollte ich in das Hoftor einbiegen, als ich plötzlich Stimmen hörte. Blitzschnell verbarg ich die Laterne, drückte mich in eine Nische und spähte in die Nacht. Zwei murmelnde Schatten streiften an mir vorbei, ich hätte sie mit dem ausgestreckten Arm berühren können. Zwei städtische Wächter wahrscheinlich. Ihr vierzehn Nothelfer, steht mir noch einmal bei! Wenn die mich jetzt noch zu fassen kriegen, war alles umsonst! Ich hatte Glück, sie bemerkten mich nicht. Eine Zeit lang hörte ich sie noch murmeln, dann war es wieder still.

Leise stöhnend wischte ich mir den Schweiß von der Stirn. Was für eine Nacht!

Ich war so müde, dass ich inzwischen in meiner Mauernische fast eingenickt wäre. Oh ihr Heiligen, fast hätte ich das Wichtigste vergessen, ich musste ja noch einen Brief zustellen!

Im Schneckentempo machte ich mich auf den schwierigen Weg. Wer mal versucht hat, mit bleischweren Gliedern lautlos wie eine Feder zu schweben, der weiß, was ich noch durchzustehen hatte, vor allen Dingen, weil mir auch noch der verletzte Fuß höllisch weh tat. Doch endlich, mir schien es eine Ewigkeit gedauert zu haben, war auch das erledigt, und als ich Christine Schäfflers hochherrschaftliche Küche, die ich vor etlichen Stunden verlassen hatte, wieder betrat, hatte ich das Gefühl, nach langen Irrfahrten in die Heimat zurückgekehrt zu sein.

Das Gefühl verstärkte sich noch, als ich von Michael und Maria mit einem Teller dicker, warmer Suppe und einem Becher Wein empfangen wurde.

Michael hob nur fragend die Brauen; ich nickte und er wusste Bescheid. Maria war nicht so leicht zufrieden zu stellen.

»Wie war es? Bist du in das Haus hineingekommen? Hat dich jemand gesehen? Hast du gefunden, was du gesucht hast? Sagst du mir jetzt, wer der Mörder von Herrn Stenglein ist?«

Der Koch half mir mich des Ansturms zu erwehren. »Siehst du nicht, wie erschöpft der arme Kerl ist?«, fragte er vorwurfsvoll. »Gieß ihm lieber noch einen Becher voll und dann bring ihn in sein Versteck!«

So geschah es und bald lag ich verhältnismäßig behaglich in meine Mehlsäcke gekuschelt im Vorratskeller, Maria an meiner Seite, und rieb mir mit einem feuchten Tuch den Ruß aus dem Gesicht.

»Du darfst niemandem sagen, wo ich heute war«, schärfte ich ihr ein. »Und niemand darf wissen, dass ich mich hier verstecke. Wenn ich erwischt werde, sind Philipp und ich erledigt.«

»Du kannst dich auf mich verlassen«, sagte sie und kraulte mir liebevoll den Nacken. »Aber ich möchte so gern wissen, wer der Mörder ist. Willst du's mir nicht sagen?«

»Sobald es keinen Zweifel mehr gibt«, versicherte ich ihr, »erfährst du es als Erste.«

Damit war sie nicht zufrieden, das merkte ich gleich. Sie schmollte sogar und wollte gerade anfangen mich weiter zu löchern, da fiel mir Gott sei Dank mein Fuß ein.

Ich verzog das Gesicht und stöhnte schmerzlich. Sofort wurde aus der Neugier Besorgnis. »Was hast du, du Ärmster?«

»Ach, nichts«, erwiderte ich betont gleichgültig und unterdrückte mannhaft und hörbar ein weiteres Stöhnen. »Ein kleiner, unbedeutender Schnitt . . . hat allerdings fürchterlich geblutet . . . lass nur, wird schon nicht so schlimm sein . . . ist durchaus nicht gesagt, dass es sich entzündet . . .«

Der Mörder war vergessen. Maria ruhte nicht, bis sie im Schummerlicht unserer einzigen Kerze ein Fässchen mit Essig gefunden hatte. Damit wusch sie den Schnitt aus und wickelte einen Lappen darum.

»Armer Lorenz, ist es jetzt besser?«, flüsterte sie dann und küsste mich zart.

Ich schlang meine Arme um sie und zog sie zu mir herab.

Und dann genoss der arme Lorenz zum zweiten Mal in seinem Leben die Freuden der körperlichen Liebe. Dabei benahm er sich bereits wie ein äußerst erfahrener Liebhaber. Bevor es nämlich richtig losging, schlief er ein.

Marias Essigkur hatte nicht viel geholfen, richtiger gesagt, eigentlich gar nichts. Als ich erwachte, sprang ich sofort auf – das tun alle, die häufig kein Dach über den Kopf und kein ganz reines Gewissen haben – und ließ mich mit einem Aufschrei wieder in die Mehlsäcke sinken. Vorsichtig probierte ich es noch einmal. Zwei, drei Schritte schaffte ich, dann gab ich es auf. Sowie ich mit dem verletzten Fuß auftrat, durchfuhr mich ein solcher Schmerz, dass ich hätte schreien können wie mein Freund Philipp, wenn er ein Minnelied zum Besten gab.

Na großartig, wunderbare Aussichten! Lorenz geht Mörder fangen, auf einem Fuß! Das war ungefähr so, als wollte man mit einem dreibeinigen Pferd ein Turnier gewinnen. Was sollte ich jetzt machen?

Michael war es, der wieder einmal Rat wusste. Als er mir mein Frühstück gebracht und ich ihm mein Leid geklagt hatte, sah er sich die Wunde an.

»Sieht nicht gut aus«, meinte er und rümpfte die Nase. »Ziemlich entzündet, glaube ich. Rühr dich nicht, ich bin gleich wieder da!«

Er kam mit einer Unmenge Lappen und Lederriemen sowie einem kleinen Töpfchen zurück.

»Was ist denn das?«, fragte ich und schnupperte misstrauisch, denn dem Gefäß entströmte ein reichlich penetranter Geruch. Er erinnerte mich an den Platz hinterm Wirtshaus »Zur Heiligen Kunigunde«, zu dem die Gäste immer rannten, wenn ihnen der Magen vom sauren Bier und vom verdorbenen Schweinefleisch des Wirts überzulaufen drohte.

»Das«, entgegnete Michael und rührte heftig mit einem Holzstäbchen in dem Topf herum, »ist eine Heilsalbe. Bestes, lang gelagertes Schweinefett mit einem Absud von Ringelblumen und Majoran und allen möglichen anderen Kräutern. Man muss es gut durchrühren, denn Fett und Wasser vermischen sich schlecht.«

Er wusch den Schnitt noch einmal sorgfältig mit Essig aus, dann schmierte er mir das stinkende Zeug hinein. Es tat höllisch weh, aber ich hielt still. Was so miserabel roch und so fürchterlich brannte, das musste einfach helfen!

Mit seinen geschickten runden Fingerchen legte mir der Koch dann einen Verband an. Er rollte zwei Läppchen zu festen Polstern und band sie vor und hinter der Wunde so an der Fußsohle fest, dass ich auftreten konnte, ohne mit der schmerzenden Stelle den Boden zu berühren. Mit äußerster Behutsamkeit probierte ich ein paar Schrittchen – es funktionierte. Einen Wettlauf würde ich nicht gewinnen, nicht mal gegen eine altersschwache Küchenmagd, aber ich konnte gehen. Der Rest würde sich finden.

»So, und was hast du jetzt als Nächstes vor, du treuer Knappe eines edlen Ritters?« Mehr Besorgnis als Spott lag in Michaels Stimme und ich beschloss ihn ganz und gar einzuweihen. Bei Gott und allen seinen Heiligen, die Welt ist schlecht, sie wimmelt von prügelnden Wirten und lieblosen Müttern, von Hochstaplern, Lügnern, Dieben und Mördern, aber irgendjemandem muss man sich anvertrauen, sonst kann man sich gleich in sein Schwert stürzen, wenn man eins hat.

Ich zog also die zwei Pergamentblätter hervor, die ich heute Nacht erbeutet hatte, und reichte sie Michael.

»Lest das!«, befahl ich.

Er tat es. Als er fertig war, blickte er auf, bleich und völlig fassungslos. »Ich geb's zu, ich hatte mir schon so meine Gedanken gemacht, was hinter alldem stecken könnte, aber das ist ja schlimmer als meine schlimmsten Vermutungen!«

»Mhm«, nickte ich. »Und ich kann mir aussuchen, was mit meinem Hals passiert: Entweder er wird vom Henker ein bisschen zusammengeschnürt oder vom Mörder Peter Stengleins ein bisschen auseinander geschnitten. Ich schwanke noch, wofür ich mich entscheiden soll. Am liebsten für keines von beiden.«

»Und was willst du tun?« Michael marschierte aufgeregt im Vorratskeller hin und her. »Ich könnte dir Geld geben und Proviant und andere Kleidung . . . genau, das wird das Beste sein: Sobald es dunkel ist, verschwindest du hier und morgen früh mischst du dich unter irgendeine Gruppe; raus aus der Stadt kommt man leichter als hinein.«

Bedauernd schüttelte ich den Kopf. »Ich hab's mir schon zwanzigmal überlegt«, seufzte ich, »aber ich bring's einfach nicht fertig, den dicken Philipp seinem Schicksal zu überlassen. Ich weiß, er ist ein alter Gauner, aber dass man ihn aufhängt, obwohl er nichts weiter gemacht hat, als seine scheußlichen Lieder zu singen, das kann ich nicht zulassen.«

»Das spricht nur für dich, mein Sohn«, murmelte der Koch. »Aber ich würde dir gern helfen, wenn ich könnte . . .«

»Ihr könnt, Ihr könnt!«, beeilte ich mich zu sagen. »Heute Nacht will ich die Sache auf meine Weise erledigen. Das Dokument da ist ein besserer Schutz als eine komplette Rüstung samt Schwert und Lanze – wenn man es richtig verwendet. Ich bitte Euch es für mich aufzuheben, ohne jemand ein Sterbenswörtchen davon zu sagen. Nicht einmal Maria. Und wenn was schief geht, dann gebt es der Mutter von Peter Stenglein – unter vier Augen und ohne dass der Gehilfe, Ihr wisst schon, welcher, etwas davon erfährt. Wollt Ihr das tun?«

»Du verlangst eine ganze Menge von mir.« Michael krauste die Nase und sah mich eine Weile stirnrunzelnd an. Plötzlich glättete sich seine Miene und er grinste. »Ich mach's. Du kannst dich auf mich verlassen.«

Erleichtert atmete ich auf. »Ich danke Euch. Wenn sie damit zum Schultheiß geht, wenn sie ihre Beziehungen spielen lässt, dann könnte uns das vielleicht retten . . .«

Der Koch grinste immer noch. »Warum machst du es eigentlich nicht gleich so?«, fragte er. »Gibst der Alten das Pergament und überlässt die ganze Sache ihr?«

Ich zögerte mit der Antwort.

»Also erstens«, erwiderte ich schließlich, »erstens will ich sichergehen, dass die Sache für uns gut ausgeht. Peters Mutter schreit bestimmt nach Rache, aber wer sagt, dass an uns nicht doch irgendwas hängen bleibt? Und zweitens . . .« Ich sah meinem neuen Freund in die Augen. »Ich bin der Lorenz. Ich besitze nichts als ein bisschen Kleingeld, einen Kittel, ein paar Schuhe und die Narben auf dem Hintern von den Prügeln, die ich früher gekriegt habe. Ich bin klein und mickrig und mein Haar sieht aus wie ein Vogelnest vom letzten Jahr. Aber ich hab was im Kopf. Und, beim heiligen Laurentius, das will ich jetzt beweisen!«

»Weißt du«, meinte Michael kopfschüttelnd, »was du mit deinem Ritter gemeinsam hast? Du bist eitel wie ein Pfau.«

Darauf erwiderte ich nichts, denn ich ahnte, dass er wahrscheinlich Recht hatte. Stattdessen erkundigte ich mich nach Maria.

»Sie ist mit den beiden anderen Küchenmägden auf dem Markt und kauft Gemüse . . .« Michael unterbrach sich. »Sag mal, wenn das hier überstanden ist, dann zieht ihr doch weiter, du und Philipp?«

»Das werden wir wohl«, meinte ich und zuckte die Achseln. »Was sollen wir auch sonst tun? Hier bleiben und Großkaufleute werden?«

»War doch nur eine Frage. Für Maria wird's nicht leicht sein . . .«

Als ob ich daran noch nicht selber gedacht hätte!

»Ich hänge an Maria, das kannst du dir denken«, sagte ich ausweichend. »Aber lass mich erst mal dafür sorgen, dass mein Hals nicht am Strick hängt. Eins nach dem andern.«

Er nickte, aber ganz zufrieden schien er mit meiner Antwort nicht zu sein.

Der Tag verging, und je näher die Dämmerung rückte, desto heftiger wurde das wohlvertraute Kribbeln. Schließlich war es so schlimm, dass ich gegen meine sonstigen Grundsätze zwei Becher Wein hinuntergoss. Danach ging es mir besser und auch der Fuß tat nicht mehr ganz so weh.

Als Michael in mein Versteck kam, um mir zu sagen, dass es Zeit zum Aufbruch sei, war ich also bereit und halbwegs zuversichtlich.

»Sei bloß vorsichtig!«, warnte mich der Koch. »Wer eine Kehle aufgeschlitzt hat, der schlitzt auch eine zweite auf!«

»Ich werde daran denken«, gab ich zurück und streichelte meinen Hals. Es war so ein schöner, glatter Hals und ich liebte ihn.

Als die Luft rein war, hinkte ich langsam und leise aus dem Haus auf die Straße. Das letzte Tageslicht sank vom Himmel über die Dächer und wurde von den Wänden der Häuser aufgesogen.

Zur Sicherheit machte ich einen großen Umweg, um an mein Ziel zu gelangen, auch wenn mein Fuß es mir sehr übel nahm. Ich schlich durch Gärten und zwängte mich durch Hecken, bis ich das Efeugestrüpp erreichte, das ich schon kannte. Ich wartete, bis es völlig dunkel geworden war, dann schwang ich mich daran empor. Das war verdammt mühsam, weil ich den einen Fuß kaum gebrauchen konnte, aber ich schaffte es, kroch über das Dach und schob mich in eine der schmalen Fensteröffnungen hinein. Meine Zehen ertasteten eines der hohen Gestelle, ich bekam festen Stand und kletterte langsam nach unten.

Das Ding ächzte und knarrte in allen Fugen. Wenn schon jemand hier war und mich hörte – er musste nur auf lautlosen Sohlen herbeieilen und mir ein Messer zwischen die Rippen schieben. Dann wäre Lorenz, der scharfsinnige Rätsellöser, der todesmutige Mörderjäger, nur noch ein Haufen aus Haut und Knochen in einem Kittel mit Fettflecken darauf. Das hätte mir sehr Leid getan, deshalb flehte ich inbrünstig zu meinem Namenspatron, während ich an den Seitenpfosten herunterrutschte.

Er beschützte mich. Niemand empfing mich, als ich den Boden erreichte; noch war ich anscheinend ganz allein im Lager. Ich ließ mich nieder, lehnte den Rücken an ein Fass und wartete.

Es war warm und still. Über dem Gemisch aus tausenderlei Düften lag noch der scharfe, bittere Geruch des Safrans, den der Mörder so verschwenderisch über Peter Stengleins sterbliche Hülle gestreut hatte.

Du sollst der Safran meiner Seele sein . . .

Philipps albernes Lied hatte dem armen reichen Peter Stenglein noch im Tod zu einem kostbaren Zierrat verholfen, kostbarer als das bestickte Leichenhemd, das sie ihm übergezogen hatten, und kostbarer als der kunstvoll behauene Sarkophag, in den sie ihn versenken würden.

Safran, das königliche Gewürz – wie lang hätten Philipp und ich von dem, was der seltsame Schmuck des Toten wert war, leben können? Sechs Monate? Ein ganzes Jahr? Vielleicht hätte es gereicht für einen kleinen Hof mit ein paar Schafen und Ziegen.

Safran – so rochen Reichtum und Überfluss. Doch bald würde auch der reiche Peter nicht anders riechen als irgendein armer Teufel, der ganz von allein starb, weil es sich nicht lohnte, ihn umzubringen.

Die Wärme, die Stille und der Duft machten mich schläfrig; es war so behaglich, hier zu sitzen und nachzudenken über die Welt und die Menschen ... plötzlich hörte ich Schritte, ganz leise erst, aus einem anderen Raum, dann deutlicher und näher kommend. Etwas schleifte über den Boden wie Strohballen, die beiseite geschoben werden, ein schmaler Streifen flackernden Lichts zerschnitt die Dunkelheit.

Ich war schlagartig wach. Das Licht wurde heller, ich sah, wie an der Schmalseite des Lagers eine Tür aufgedrückt wurde, eine Hand mit einer Laterne wurde sichtbar, dann betrat eine Gestalt den Raum, von Kopf bis Fuß in ein fließendes Gewand gehüllt, das Gesicht verdeckt vom Stoff der Kapuze.

»Ist hier jemand?« Die Stimme klang fest; nur wer ganz genau hinhörte, konnte ein leises Zittern in ihr wahrnehmen. »Ist hier jemand?«

Die Hand mit der Laterne beschrieb einen Kreis. Ich sah jetzt, dass es eine wohlgeformte, dabei sehr kräftige Hand war. Mein Brief hatte also den Empfänger erreicht.

»Guten Abend, Frau Christine«, sagte ich.

»Wer seid Ihr?« Die Laterne wurde in die Höhe gehalten, aber ihr Licht war zu schwach, um mich zu erreichen.

»Wer seid Ihr, der Ihr so ungeheuerliche Anschuldigungen erhebt, so gemeine, schmutzige Lügen ausstoßt?« Anklagend und gebieterisch tönte die Stimme jetzt.

Mit einer unvergleichlich anmutigen Bewegung warf sie den Kopf zurück; die Kapuze glitt herab, die kastanienbraunen Locken schimmerten.

»Bist du auch einer von denen, die ich für meine Freunde gehalten habe? Bist du auch so ein Judas, der an meiner Tafel gespeist und mich umschmeichelt hat, obwohl er mich vernichten will?« Mit der vertraulichen Anrede hatte sich der Tonfall ihrer Stimme erneut verändert. Die Bitterkeit eines Menschen, dem ganz unverdient immer wieder grausam mitgespielt wurde, war aus ihm herauszuhören.

Sie machte das wirklich wunderbar. Wäre ich Philipp gewesen, ich hätte ihr wahrscheinlich erst mal ein Minnelied geschrieben, »Du süße, sanfte Mörderin« oder so ähnlich. Da ich aber bloß Lorenz war, begnügte ich mich zu antworten: »Wer ich bin? Einer von den beiden, die Ihr bereitwillig am Galgen verfaulen lassen wolltet, für einen Mord, den Ihr begangen habt.«

Ihre Miene gefror zu eisiger Verachtung, sie spuckte mir die Worte vor die Füße wie die zerkauten Reste einer verfaulten Nuss: »Die kleine Ratte, das miese, kleine Nichts, das für den närrischen Minnesänger den Knecht macht? Du willst der Witwe eines Patriziers drohen? Mach dich nicht lächerlich!«

Sie tat, als ob sie sich umdrehen und gehen wollte. Sie hatte mich ziemlich genau beschrieben, und auch sonst lag sie gar nicht so falsch – es war tatsächlich ein ziemlich verzweifeltes Unternehmen, das ich da vorhatte. Aber ich spürte, dass sie Angst hatte und bleiben würde.

Genauso war es. Scheinbar schon im Gehen wandte sie den schönen Lockenkopf und fragte: »Also, was willst du? Soll ich dir vielleicht für einige Zeit deine kümmerliche Existenz sichern?«

Ich schwieg.

Sie kam ein paar Schritte näher, aus der hochmütigen Patrizierin wurde eine gute Fee, eine zärtlich besorgte Mutter. »Ist dein Leben nicht anstrengend und voller Beschwernis als Knecht eines solchen nichtsnutzigen Scharlatans, du Armer? Lass mich für dich sorgen! Wie viel brauchst du, mein Söhnchen? Hundert Gulden? Hundertfünfzig? Zweihundert?«

Langsam bekam ich die Possen satt. »Ich bin nicht gekommen, um von Euch ein Almosen zu erbitten«, sagte ich barsch. »Ich will, dass Philipp von Mahlau und ich die Stadt frei und unbehelligt verlassen können.«

Sie machte einen weiteren Schritt in die Richtung, in der sie mich vermutete. »Warum setzt du dich so für den dicken Gernegroß ein?«, flötete sie.

»Hat er dich nicht schlechter als einen Leibeigenen behandelt? Hat er nicht hier in Saus und Braus gelebt und dir nur die Krümel gegönnt? Komm, was stört es dich, wenn der Henker die Schlinge um seinen feisten Nacken legt! Lass ihn baumeln! Du kannst hier bleiben und ich schwöre dir, du wirst es besser haben als eine Made im Speck.«

Ich konnte mir einen nachdenklichen Seufzer nicht verkneifen. Bei allen Heiligen, es hatte wirklich etwas für sich, was sie da sagte. Wie kam ich dazu, mich für einen eitlen, egoistischen Ochsenfrosch einzusetzen!

Trotzdem dachte ich keinen Augenblick daran, ihr Angebot anzunehmen. Erstens weil ich so ein treuer und liebenswerter Bursche bin und zweitens weil ich ihr durchaus nicht traue. Man lebte ziemlich gefährlich als Made im Speck, ehe man sich's versieht, ist man zerquetscht . . .

»Ihr seid die Mörderin von Peter Stenglein«, erwiderte ich darum kurz. »Ich kann's beweisen. Und deshalb werdet Ihr genau das tun, was ich Euch sage.«

Schlagartig war der Honigseim aus ihrer Stimme verschwunden.

»Ach ja? Du kannst es beweisen?«, fragte sie höhnisch. »Wie denn? Wo sind die ehrenwerten Zeugen, die du benennen kannst? Wer hat mich auf frischer Tat ertappt? Alle Umstände sprechen gegen deinen fetten Sänger – und gegen dich!«

»Nicht alle«, entgegnete ich ruhig. »Zum Beispiel der blutige Abdruck auf dem Tonkrug neben dem Toten, der genau die Narbe zeigt, die vom Mittelfinger bis zum Daumen Eurer rechten Hand verläuft.«

Einen Augenblick lang war sie nahe dran, die Fassung zu verlieren. Aber sie fing sich schnell wieder.

»Hirngespinste! So einen Abdruck gibt's nicht, sonst hätte ich längst davon erfahren. Wenn du nichts Besseres hast . . .«

Sie war kein leichter Gegner, soviel stand fest. Aber ich musste sie weich kriegen und ich würde es schaffen.

»Ihr seid die Mörderin«, wiederholte ich darum standhaft. »Es hilft euch gar nichts, dass Stefan den Abdruck abgewischt hat. Stefan, Euer Liebhaber. Und Euer Komplize . . .«

»Was weißt du von Stefan?«, schrie sie. »Schweig still oder du wirst enden wie Peter Stenglein, ich schwör es dir! Er hat damit nichts zu tun!«

Jetzt hatte ich ihre schwache Stelle gefunden. »Er ist genauso ein Mörder wie Ihr!«, behauptete ich darum.

»Ist er nicht!«, protestierte sie verzweifelt.

»Also gut.« Ich gab scheinbar nach. »Ich werde jetzt rekonstruieren, was geschehen ist, und Ihr werdet mich unterbrechen, wenn ich etwas Falsches sage oder etwas vergesse.«

Ich nahm ihr Schweigen für Zustimmung und begann:

»Vor ein paar Monaten starb plötzlich und unerwartet Euer Gatte. Ich nehme an, Ihr habt ihn über die Maßen geliebt . . . deshalb wolltet Ihr ihm die Freuden des Paradieses so schnell wie möglich verschaffen und habt ein wenig nachgeholfen . . .«

»Du lügst, du Ausgeburt des Satans!«, unterbrach sie mich kreischend, doch ich fuhr ungerührt fort:

»Beruhigt Euch, ich kann es nicht beweisen. Jedenfalls, als er tot und begraben war, habt Ihr gehofft in Ruhe und Behaglichkeit mit Eurem geliebten Stefan leben zu können. Aber Euer lieber Mann hat Euch einen ganz schön dicken Strich durch die Rechnung gemacht. Er war nämlich pleite! Um sein Geschäft und sein Haus fürs Erste zu retten, hat er bei Peter Stenglein einen Kredit über eine unvorstellbar hohe Summe aufgenommen, 25 000 Nürnberger Dukaten. Er hat dafür alles verpfänden müssen, nehme ich an, Haus, Geschäft, Lager, einfach alles, hab ich nicht Recht? Und niemand hat was davon gewusst, Ihr nicht und Stefan auch nicht.«

Christine atmete schwer und beobachtete mich mit Augen, die glitzerten vor Eiseskälte, aber sie sagte kein Wort.

»Deshalb war es bestimmt ein ganz schöner Schrecken für Euch«, sagte ich mitleidig, »als Peter

Euch nach der Beerdigung den Wechsel präsentierte und die Auszahlung verlangte. Das wäre das Ende gewesen! Keine glanzvollen Abendgesellschaften mehr, keine Dienstboten, nichts mehr mit erfolgreicher Kaufherrin, keine süßen Nächte mit Stefan im behaglichen Kuschelbett!«

Ich war schon ziemlich gemein, aber man darf nicht vergessen, was die reizende Christine eigentlich für mich geplant hatte. Also sprach ich unbarmherzig weiter.

»Es gelang Euch fast, den armen Peter einzuwickeln. Ihr habt ihm wahrscheinlich ewige Liebe und Treue geschworen, Euer süßes Lächeln gelächelt, ihn geküsst, bis sein Herz weich wie Mandelsulz war. Dachtet Ihr zumindest. Aber Peter war ein gerissener Kaufmann. Der gab nichts ohne Sicherheit.«

»Der Lump!«, sagte Christine bitter. »Er dachte, dass er meine Liebe kaufen kann wie einen Sack Zwiebeln.«

»Na ja, Ihr habt sie ihm ja auch so angeboten«, versetzte ich. »Kurz und gut, er hat ein Schriftstück aufgesetzt mit dem Inhalt, dass Ihr ihn nach Ablauf der Trauerfrist heiraten würdet und erst damit Eure Schulden von 25 000 Dukaten los wärt. Das habt Ihr bereitwillig unterschrieben. Stimmt's?«

Ich wartete einen Augenblick, aber es kam keine Antwort, also redete ich weiter.

»Peter glaubte, er hätte alles bedacht. Wahrscheinlich träumte er jede Nacht davon, Euch als Ehefrau heimzuführen. Er liebte euch wirklich, oder? Und er ahnte nicht, dass er, sowie er Euch das Schriftstück unterschreiben ließ, sein eigenes Todesurteil gesprochen hatte.«

Ich hatte mich in Eifer geredet und nicht weiter darauf geachtet, dass Christine langsam näher und näher gekommen war. Plötzlich bemerkte ich, dass der Schein der Laterne mich blendete. Ich versuchte aufzustehen, aber es ging viel zu langsam, Stahl blitzte auf, in höchster Not bog ich mich zurück, wand ich mich um das Fass, an dem ich saß, herum – entging um Haaresbreite dem tödlichen Stich.

Christine riss am Griff des Messers, das sie in das Holz des Fasses getrieben hatte, aber bevor sie erneut auf mich einstechen konnte, stieß ich hervor:

»Versuch das nicht noch mal, glaubst du, ich bin so dumm? Wenn du mich tötest, ist die Urkunde, die du unterschrieben hast, morgen in den Händen des Rates der Stadt!«

Sie ließ das Messer fallen, als ob es frisch aus der Esse käme.

»Was willst du von mir, du nichtswürdiges Etwas, du stinkendes Aas, du widerwärtiger Bastard?«, fragte sie keuchend.

»Seht Ihr, allmählich verstehen wir uns«, antwortete ich freundlich. »Ich werd es Euch schon rechtzeitig sagen. Lasst mich erst zu Ende berichten. Es hat mich so viel Schweiß gekostet, das alles herauszufinden!

Ihr musstet ihn beseitigen, denn wenn Ihr ihn geheiratet hättet, wärt Ihr kaum besser dran gewesen als vorher. Die Gefahr der Armut wäre zwar gebannt, aber sonst hättet Ihr alles verloren, was Euch wichtig war: Stefan, Euren Liebhaber und Euren Ruf als tüchtige Kaufherrin, die ihr Leben selbst meistert.«

Sie stand da, zusammengesunken und mit hängendem Kopf, ihre Wut schien grenzenloser Verzweiflung gewichen zu sein, ihre Schultern bebten wie von lautlosem Schluchzen geschüttelt.

In meiner mageren Brust, der heilige Laurentius weiß es, schlägt ein großes Herz, ein Herz voller Mitleid mit den Schwachen. Ich musste mir eine ganze Zeit lang vorstellen, wie ich, mit schiefem Kopf und von Krähen umschwirrt, am Galgen gehangen hätte, wenn es nach ihr gegangen wäre. Dadurch wurde ich wieder wütend genug, um fortzufahren.

»Bestimmt habt Ihr Tag und Nacht überlegt, wie Ihr den armen Peter beseitigen könnt, ohne dass ein Verdacht auf Euch fällt. Stefan, das glaube ich Euch nämlich, kam als Helfer nicht in Frage. Erstens wolltet Ihr ihn nicht in Gefahr bringen und zweitens ist der Bursche, bei all seinen Fehlern, für einen Meuchelmord zu ehrlich.

Der Hochzeitstermin rückte näher, die Frist, die Euch noch blieb, wurde immer kürzer.

Wahrscheinlich hattet Ihr Euch schon damit abgefunden, Peter zu heiraten und erst als Ehemann ins Jenseits zu schicken. Keine gute Lösung: Zum zweiten Mal Witwe in so kurzer Zeit? Das hätte Euch bestimmt verdächtig gemacht.

Da kam Euch der Zufall zur Hilfe: Die Einbrüche ins Lager begannen. Zunächst habt Ihr nichts als Zorn darüber empfunden. Aber als Ihr ein paar Tage später den dicken, geilen Philipp auf dem Marktplatz saht, wie er seine albernen Liebeslieder in die Menge blökte, da ahntet Ihr: Jetzt würde es klappen, Peters Stunden waren gezählt. Blitzschnell habt Ihr Euch einen wirklich genialen Plan ausgedacht. Euer Pech, dass Ihr eine Kleinigkeit dabei übersehen habt.«

Ruckartig hob sie den Kopf, kurz glomm ein Funke in den grünen Augen auf. »Was?«, fragte sie lauernd.

»Mich«, entgegnete ich bescheiden. »Wisst Ihr, ich hab mal bei einem Wirt gelebt. Der war so geizig, dass er bloß alle zwei Tage gekackt hat, um das Heu zum Abwischen zu sparen. Wenn so einer winkt und sagt, komm her zu mir, mein Junge, hier hab ich ein schönes Stück Schinken für dich, dann muss man damit rechnen, dass er einen bloß herlocken und verprügeln will, weil er nämlich fett und langsam ist und einen sonst nicht erwischt. Das hab ich bald begriffen. Und seitdem bin ich sehr misstrauisch geworden.

Da zieh ich seit einem halben Jahr mit dem großmäuligen Philipp durch die Gegend – Gott weiß, wie ich das ausgehalten hab –, der so viel von Kunst versteht wie ich vom Geldzählen, nämlich nichts. Und plötzlich kommt eine junge, schöne, reiche Frau und umschwärmt diesen Spruchbeutel, weil er angeblich so ein großer Künstler ist. Das reichte, um mein Misstrauen zu wecken. Hoppla, hab ich mir gedacht, das sieht mehr nach Prügel als nach Schinken aus.

Das Misstrauen wurde noch größer, als Ihr um ihn herumgetänzelt seid wie eine rossige Stute um den Hengst. Um einen Musikanten, der nicht musikalisch ist, um einen Dichter, der nicht dichten kann, um einen Ritter, der keinen Heller in der Tasche hat! Warum? Bei der Auswahl an Verehrern?

Ich hab Euch genau beobachtet und schnell gemerkt, dass Ihr in Stefan verliebt seid. Wozu die zärtlichen Blicke für Philipp? Die lächerlichen Komplimente? Küsschen hier und Streicheln da?

Ich rätselte und rätselte, aber ich kam nicht drauf, was das alberne Spiel bezweckte – bis es zu spät war. Erst seit gestern ist mir alles klar.

Ihr habt uns auf Wache geschickt, um uns den Mord an Peter in die Schuhe zu schieben!«

Christine blickte mich an, die schönen Augen schwammen in Tränen. »Warum denkst du nur so schlecht von mir«, flüsterte sie, »nie, nie habe ich das gewollt!«

Sie war wirklich herzzerreißend und fast hätte ich ihr geglaubt. Fast.

»Das habt Ihr wirklich großartig gemacht«, fuhr ich bewundernd fort, »wie Ihr Philipp, diesen alten Feigling, so weit gebracht habt, dass er die Nachtwache in Eurem Lager nicht mehr ablehnen konnte. Sogar ich war eine Zeit lang überzeugt, dass Ihr tatsächlich Schutz brauchtet. Ihr! Eher muss man einen wütenden Stier beschützen als Euch! Selbstverständlich habt Ihr dafür gesorgt, dass jeder von den neuen Wächtern erfuhr, damit Ihr sicher sein konntet, dass der Einbrecher das Lager nicht noch einmal heimsuchen würde.

In der zweiten Nacht habt Ihr dann Euren Plan in die Tat umgesetzt. Ihr habt uns einen Schlaftrunk in den Wein gemischt. Niemand sonst konnte das getan haben, denn niemand hatte Zugang zum Vorratskeller und Ihr habt uns den Wein selbst gebracht. Auch Stefan habt Ihr davon gegeben, damit er Euer Vorhaben nicht stört. So ist er, anstatt Euch wie sonst leidenschaftlich zu umarmen, in Eurem Bett friedlich eingeschlummert.

Zwei Tage vorher, beim festlichen Abendessen, als Philipp dieses fürchterliche Safranlied zum Besten gegeben hat, habt Ihr mit Peter Stenglein für diese Nacht ein Schäferstündchen ausgemacht. Wenn alles schlief, sollte er im Hof auf Euch warten. Der arme Kerl war wahrscheinlich so selig, dass Ihr ihn vorzeitig erhören wolltet, dass er kein bisschen misstrauisch wurde. Er hat bestimmt nie Prügel gekriegt, wenn er sich einen Schinken erhofft hatte . . .

Ihr habt ihn dann ins Haus geführt und durch die Tür dahinten, für die nur Ihr einen Schlüssel habt, ins Lager gebracht. Ich weiß einen Raum, mein Schatz, da sind wir ungestört, da gibt es keine neugierigen Dienstboten, also auch kein dummes Gerede, so was in der Art habt Ihr ihm bestimmt gesagt und rechtzeitig die Laterne gelöscht. Während der Ärmste, blind wie ein Maulwurf, im Finstern stand und auf Eure Küsse wartete, habt Ihr ihm von hinten mit dem Knüppel eins übergezogen, damit er keine Kraft zur Gegenwehr mehr hatte, und ihm dann die Kehle durchgeschnitten . . .«

»Nein!«, schrie sie. »Neiiin! Ich will nichts mehr hören!«, und schlug die Hände an die Ohren.

Ich ließ ihr Zeit, bis sie die Hände wieder sinken ließ.

»Nicht mit Philipps Messer, Ihr habt ein eigenes, scharfes mitgebracht; der Schnitt war glatt und sauber, das hättet Ihr mit dem alten Ding, das er für alles Mögliche benutzt, niemals fertig gebracht. Ihr habt es erst hinterher hingelegt. Die Leiche habt Ihr zu Boden gleiten lassen. Das war harte Arbeit, denn Peter war ein schwerer Mann. Erschöpft habt Ihr Euch an dem Krug da festgehalten und einen blutigen Abdruck hinterlassen. Das ist Euch aber nicht aufgefallen, es war ja noch dunkel.

Nachdem Ihr euch ausgeruht habt, habt Ihr wieder Licht gemacht und alles so hergerichtet, wie wir es am Morgen vorgefunden haben. Ängstlich seid Ihr ja wirklich nicht. Da lag der Tote, ein paar Schritte weiter vorne schnarchten Philipp und ich um die Wette . . . Ihr habt Euch zu uns getraut, obwohl Ihr nicht sicher sein konntet, wie lange Euer Schlafmittel wirken würde, und habt das Messer aus Philipps Gürtel gezogen. Dabei ist Euch dann eine Idee gekommen, eine wirklich glänzende Idee. *Du sollst der Safran meiner Seele sein*, hatte der alte Faselhans gesungen! Safran, davon gab's auch nach dem letzten Einbruch immer noch genug. Einen ganzen Sack habt Ihr geopfert, nehme ich an, und über dem armen Peter ausgeleert. Nun würde Euch garantiert niemand mehr verdächtigen! Für Philipp allerdings würde die Sache ziemlich brenzlig werden – das war keine Notwehr mehr, keine Abwehr eines Einbrechers, sondern Mord aus Eifersucht! Man würde ihn aufhängen – und mich dazu. Aber ich glaube nicht, dass Euch das um den Schlaf gebracht hat, oder?

Zufrieden habt Ihr dann die Ballen wieder vor die Tür geschoben, Euch durch einen schmalen Spalt hindurchgedrückt und von der anderen Seite zugesperrt. Perfekt gelungen, habt Ihr gedacht, Euch noch das Blut von den Fingern gewaschen und

Euch seelenruhig zu Eurem Liebhaber ins Bett gelegt.

Aber vor lauter Freude über Euren großartigen Schachzug habt Ihr etwas Wichtiges vergessen: Das Schloss! Ihr habt vergessen, dass das Lager von außen verschlossen war! Wie konnte Peter da überhaupt hineingekommen sein, würde sich doch jeder fragen. Aber das Glück war auf Eurer Seite – und die Liebe.

Als Stefan erwachte, vor Euch, nehme ich an, machte er sich, obwohl ihm der Schädel brummte, sofort auf, um im Lager nach dem Rechten zu schauen. Er schloss auf, sah uns schlafend am Boden und entdeckte die Leiche. Er ist zwar dumm, aber nicht so dumm, dass er nicht zwei und zwei zusammenzählen kann. Wir zwei wie betäubt auf dem Boden, die Außentür verschlossen, vielleicht, nein, bestimmt kennt er auch die geheime Tür . . . Ihr musstet Eure Hand im Spiel haben. Er handelte blitzschnell und tat das Nächstliegende: Er tauschte das unversehrte Schloss gegen das aus, das beim letzten Einbruch durchgefeilt worden war – damit war klar: Jemand war erneut eingebrochen. Peter natürlich, seine Anwesenheit war erklärt. Ich wette, Ihr wart ganz schön erleichtert, als Euch klar wurde, was Stefan für Euch getan hatte und dass Ihr Euch felsenfest auf ihn verlassen konntet.

Anschließend weckte er uns auf, ›fand‹ die Leiche

zum zweiten Mal und holte den Schultheiß. Später, als es heller geworden war, bemerkte er den blutigen Abdruck auf dem Ölkrug, den Abdruck Eurer Hand. Er beseitigte ihn schleunigst. Nach dem Verhör durch Euren hohlköpfigen Schultheißen ließ er mich absichtlich entkommen, lockte mich in sein Zimmer und hielt mich dort fest. Er wollte nämlich wissen, ob ich etwas gesehen hatte, das Euch in Verdacht bringen könnte. Ich erklärte ihm, dass ich gar nichts bemerkt haben konnte, weil uns jemand betäubt hatte. Da begriff er endlich, warum er so tief geschlafen hatte. Prompt lief er in die Küche, um nachzuprüfen, ob Euch jemand beim Präparieren des Weins beobachtet hatte.

Inzwischen machte ich mich davon, überzeugte mich, dass hier im Lager eine zweite Tür vorhanden ist, und stahl in der nächsten Nacht aus Peters Haus das Dokument, das Euch jetzt in große Schwierigkeiten bringen kann. Wenn Ihr nicht einsichtig seid . . .«

Zufrieden lehnte ich mich gegen mein Fass. Ich fand, dass ich meine Sache ziemlich gut gemacht hatte.

Die schöne Christine hatte sich wieder einmal gewandelt. Kein Zorn mehr, kein Flehen, keine Tränen. Gefasst und kühl blickte sie zu mir herunter.

»Ich gebe zu, du hast da etwas, das ich gern hätte«, sagte sie ruhig. »Es wäre recht peinlich für mich, wenn Peter Stengleins Erben die Schuld von mir zurückforderten. Ich werde dir deshalb das Dokument abkaufen. Wir beide werden uns sicher über einen angemessenen Preis einigen. Aber was du da behauptest, ich hätte Peter ermordet, das ist doch Unsinn. Du sagst das, um deinen Freund zu retten. Jeder Richter würde mir Recht geben, wenn ich ihm sagte: ›Was nutzt mir sein Tod, wenn ich doch den Schuldbrief gar nicht habe? Und ich habe ihn ja nicht!«

»Oh, habe ich das vergessen zu erwähnen? Ihr habt natürlich einen Verbündeten in Peters Haus. Ein armes Würstchen, das Euch anbetet, das den Schmutz von Euren Füßen küsst, wenn Ihr es verlangt – den Schreiber, Peters schüchternen Gehilfen. Ihr habt ihm nach dem Tod seines Herrn befohlen, das Dokument an sich zu nehmen und Euch zu übergeben. Was habt Ihr ihm versprochen dafür? Dass Ihr ihn an Peters Stelle heiraten würdet? Etwa in der Art, vermute ich. Oh, Ihr habt fest damit gerechnet, den Schuldbrief schon am Tag nach dem Mord in Händen zu halten. Aber es ist etwas geschehen, womit Ihr nicht gerechnet habt. Vom Regen in die Traufe seid Ihr gekommen. Denn ein einziges Mal hat dieser armselige Wurm es gewagt, einen Befehl zu missachten, nur ein einziges Mal. Ausgerechnet jetzt, wo für Euch so viel auf dem Spiel stand! Seine Sehnsucht, Euch zu umarmen, war so groß, dass er sichergehen wollte. Dass die Ware erst bezahlt werden muss, bevor sie ausgehändigt wird, hat er verlangt. War's nicht so?«

Ich kaute nachdenklich an meinem Daumen. »Der Mistkerl hat mich fast umgebracht, zum Dank dafür, dass ich ihm das Leben gerettet habe. Denn das hab ich doch, oder? Er wäre doch in den nächsten Tagen dahingeschieden, oder?«

Falls sie es vorgehabt hatte, Christine kam nicht mehr dazu, zu antworten, denn in diesem Augenblick durchbrachen stampfende Schritte die nächtliche Stille, Ballen und Säcke kippten auf die Seite, die Tür flog auf und Stefan stürzte herein wie ein gereizter Bär.

»Was will er von dir?«, wütete er. »Ich wusste, dass der Bastard nur Unheil bringt, ich wusste es vom ersten Tag an!« Seine Stimme klang heiser, so viel Mühe kostete es ihn, nicht zu schreien.

»Was er will?«, fragte Christine mit bitterem Hohn. »Er will mir beweisen, dass ich eine Mörderin bin!«

Da war es mit Stefans Selbstbeherrschung vorbei. Er kam drohend auf mich zu. »Du hast es zu weit getrieben«, presste er dabei zwischen den Lippen hervor, »ich hab dich oft genug gewarnt, jetzt brech ich dir alle Knochen im Leib.«

Und schon hagelte es Schläge und Tritte, denen ich ziemlich hilflos ausgeliefert war. Schließlich, in meiner Not, packte ich eines seiner Beine und biss ihn mit aller Kraft in den Schenkel, als ob es eine Hühnerkeule wäre.

Er quiekte laut und ließ für den Augenblick von mir ab, was ich dazu benutzte, aufzustehen und ein paar Schritte zurückzuweichen.

Da fiel sein Blick auf das Messer, das Christine hatte fallen lassen. Der Anblick schien ihm zu gefallen, denn er lachte leise. »Warte nur, Bürschchen«, sagte er, »jetzt werd ich dich beißen. Mit einem extra langen Zahn!«

Blitzschnell bückte er sich, hob das Messer auf und kam auf mich zu. Er humpelte zwar ein bisschen, aber er war immer noch schneller als ich mit meinem entzündeten Fuß. Näher und näher kam er, das Messer drohend erhoben. Ich schleuderte ihm einen Ballen in den Weg, er stieg darüber, ich warf einen Krug nach ihm, er wich ihm fast lässig aus, gleich hatte ich das Ende des Raums erreicht. Schon spannte ich die Muskeln und verlagerte mein Gewicht auf den gesunden Fuß, um einen verzweifelten Hechtsprung an ihm vorbei zu versuchen, abzurollen und mich dann irgendwo hochzuhangeln, da ertönte ein »Lass ihn!«. Nicht einmal laut, aber mit einer solchen Schärfe, dass Stefan wie angewurzelt stehen blieb.

Schnell brachte ich mich in Sicherheit, indem ich an einem der Regale hochkletterte. Während mir der Angstschweiß noch den Nacken kühlte, sagte Christine: »Gegen eine Tracht Prügel hätte ich nichts, wirklich nichts, ich würde jeden Schlag genießen wie einen Schluck Wein.«

Freundlich, wirklich sehr freundlich, aber echte Zuneigung konnte ich wohl von ihr nicht mehr erwarten!

»Aber du darfst ihn nicht umbringen«, fuhr sie fort, »sonst lieferst du mich dem Henker aus. Er hat mich in der Hand.«

Dann begann sie leise und schnell auf ihn einzusprechen.

Ich hockte derweil geduldig auf meinem Regal und wartete, bis sie fertig war. Mein Gesicht brannte, mir tat alles weh und in meinem Fuß pochte der Schmerz, aber ich spürte es kaum. Ich wusste: Ich hatte gewonnen.

Stefan hörte ihr zu, wurde immer zappeliger und aufgeregter und stöhnte endlich: »Warum hast du das nur getan? Warum hast du mir nichts gesagt? Wir hätten einen Weg gefunden!«

»Weg gefunden, Weg gefunden!«, äffte sie ihn nach. »Welchen denn? Hättest du Habenichts vielleicht die Schuld bezahlen können? Oder hätte ich mich vielleicht als Magd verdingen und irgendeiner Nürnberger Patrizierziege den Schweiß aus dem Mieder waschen sollen? Das meinst du nicht im Ernst!«

»Aber man kann doch damit keinen Mord rechtfer. . .«

»Spiel doch nicht den Tugendbold!«, unterbrach sie ihn. »Was hattest du denn gerade vor? Du wolltest dieses Bürschchen da gerade abstechen wie ein Osterlamm. Wäre das etwa kein Mord gewesen?«

»Das war ein ehrlicher Kampf!«, behauptete Stefan. »Mann gegen Mann hätte ich die kleine Ratte fertig gemacht!«

Meine Grimasse oben auf dem Regal bemerkte keiner von beiden, dazu war das Licht zu schlecht. Aber zum ersten Mal sprach Christine mir aus dem Herzen, als sie spöttisch erwiderte: »Merkwürdige Vorstellungen von Gut und Böse hast du! Wenn ich jemanden hier im Lager niedersteche, dann ist das verwerflich. Wenn du das Gleiche machst, ist es völlig in Ordnung.«

Stefan wollte etwas entgegnen, aber sie machte eine herrische Geste, die ihn zum Schweigen brachte.

»Hör auf mit dem Geschwätz«, befahl sie. »Haben wir nicht andere Sorgen? Dort oben sitzt unser Problem!« Sie kam heran und hob die Laterne. »Also, mach's kurz!«, herrschte sie mich an. »Was willst du für das Dokument?«

Sie hatte ihre Fassung wieder gefunden. Wirklich, eine erstaunliche Frau! Mir sollte es recht sein, ich wusste, was ich wollte.

»Morgen früh werdet Ihr zum Schultheißen gehn«, begann ich. »Ihr werdet ihm erzählen, wie sehr Ihr mitgenommen worden seid von all den schrecklichen Ereignissen, und neulich, als die Leiche entdeckt wurde, da hättet Ihr so unter Schock gestanden und so weiter und so weiter, Ihr wisst viel besser, was Ihr da zu sagen habt, als ich. Kurz und gut, Ihr erklärt dem Schultheißen Folgendes: Peter Stenglein hat Euch schon seit längerer Zeit bedrängt und Euch immer wieder anzüchtige Anträge gemacht, die Ihr entrüstet abgelehnt habt, weil Ihr immer noch um Euren toten Gatten trauert. Daraufhin hat er hässliche Drohungen gegen Euch ausgestoßen, der Schuft! Ihr habt sie aber nicht ernst genommen, bis die Einbrüche in Eurem Lager begonnen haben. Daraufhin habt Ihr uns als Wache eingestellt, aber trotzdem einmal nach dem Rechten sehen wollen. Da habt Ihr bemerkt, dass das Schloss durchgefeilt war, und uns, unzuverlässig wie wir nun einmal sind, schlafend vorgefunden. Plötzlich seid Ihr, in der Dunkelheit des Lagers leicht möglich, überfallen worden, Eure Ehre sei in Gefahr gewesen. Ihr habt zunächst laut um Hilfe gerufen, aber wir waren derartig besoffen, dass wir nichts gehört haben. Daraufhin seid Ihr in wilder Panik durch das Lager gerannt, immer auf der Flucht vor dem Unhold, habt dann dem schlafenden Philipp das Messer aus dem Gürtel gerissen, Euch schließlich gestellt und in einem verzweifelten Kampf um Euer Leben dem bösen Peter, Gott und die vierzehn Nothelfer haben Euch geholfen, die Kehle durchgeschnitten. Am nächsten Morgen habt Ihr, verwundet an Leib und Seele, nicht die Kraft gehabt, ihm, dem Schultheißen, die Wahrheit zu gestehen.

Genau das werdet Ihr ihm erzählen, er ist dumm genug, um es zu glauben. Habt Ihr verstanden?«

»Den Teufel wird sie tun . . .!«, brauste Stefan auf, aber sie schnitt ihm das Wort ab. »Hast du einen besseren Einfall?«, fragte sie scharf. Als er stumm blieb, wandte sie sich zu mir. »Ich werde es versuchen. Was verlangst du noch?«

»Nicht viel. Morgen, sobald Philipp aus dem Gefängnis entlassen ist, wird uns Stefan das Geleit bis eine halbe Meile vor die Tore der Stadt geben und uns ein Schreiben von Euch aushändigen, wonach wir in Frieden von Euch geschieden sind und weder Ihr noch sonst jemand aus Eurem Haus irgendwelche Ansprüche an uns hat und keinen Grund, uns zu verfolgen. Dann werde ich ihm den Schuldbrief aushändigen und Ihr seid uns für immer los.«

»Du garantierst mir, dass du und dein sauberer Ritter mir nie mehr unter die Augen kommt?«

»Ich verspreche es Euch«, sagte ich und fügte grinsend hinzu: »Vor allen Dingen müsst Ihr ihn nie mehr hören!«

»Gut, dann bin ich einverstanden«, erklärte Christine. »Aber glaube mir, wenn ich einen von euch noch einmal sehe, dann sind die Torturen des Henkers eine Wohltat gegen das, was ich mit euch anstelle.«

Sie sagte das ganz ruhig, aber ihre Stimme war eisig wie der Wind, der im Januar über die Ebene bläst, und mir lief es kalt den Rücken hinunter. Es wurde Zeit, dass ich hier wegkam, weg von diesem sauberen Pärchen, bei dem man sich seines Lebens nicht sicher sein konnte.

»Also, dann sind wir uns einig«, schloss ich. »Ihr sorgt dafür, dass Philipp morgen aus dem Gefängnis freigelassen wird. Stefan kommt mit ihm, sagen wir, um die zwölfte Stunde, an den Brunnen am Marktplatz, Ihr wisst schon, den, der aussieht wie ein Kirchturm. Er soll das Pferd mitbringen!«

Ich machte eine höfliche Verbeugung, obwohl sie die im fahlen Schein der Laterne wohl kaum sehen konnten. »Lebt wohl, edle Frau Christine, verzeiht, dass ich Euch nicht zum Abschied küsse, aber es ist mir entschieden zu gefährlich!«

Ich turnte bis zum oberen Boden des Regals, von dem aus ich mich leicht zur Fensteröffnung hinaufziehen konnte.

»Ihr werdet hier mit Stefan warten, bis der Morgen dämmert. Wagt es nicht, das Lager vorher zu verlassen, sonst werdet Ihr das Dokument nicht bekommen! Und vergesst nicht, was wir ausgemacht haben!«

Ich schwang mich aus dem Fenster und aufs Dach hinauf. Die beiden sollten auf keinen Fall mitkriegen, dass ich Verbündete im Haus hatte, deshalb wollte ich, dass sie im Lager blieben. Außerdem würden sie sich jetzt sicher ordentlich streiten, und das gönnte ich ihnen.

Bevor ich mich an den Abstieg machte, betastete

ich erst einmal ausgiebig meinen Hals. Er war so rund und glatt und unversehrt, und, allen Heiligen sei Dank, das würde er jetzt auch bleiben!

Voller Stolz kletterte ich am Efeugestrüpp hinunter und sprang das letzte Stück. Gleich darauf tönte ein grässliches Jaulen durch die Nacht. Das war kein Hofhund, das war ich, denn ich war auf meinem verletzten Fuß aufgekommen. Doch auch das konnte mein Hochgefühl nicht mindern.

Gleich darauf pochte ich leise an eines der Küchenfenster. Michael öffnete und ließ mich hinein.

»Na, alles erledigt?«, fragte er leise, während er mich im Dunkeln in die Vorratskammer führte.

»Alles«, gab ich zurück. »Ich glaube, mein dicker Ritter ist noch mal davongekommen. Und ich auch. Wo ist Maria?«

»Sie liegt neben dem Ofen und schläft«, flüsterte der Koch. »Ich hab ihr gesagt, sie braucht nicht zu warten. Weißt du, ich hab mir gedacht, du bist ohnehin zu müde für irgendwelche Großtaten.«

Und ob ich das war! Ich war's schon in der letzten Nacht gewesen!

Ich brummte also zustimmend und folgte Michael in die Vorratskammer. Ach, wie gut es tat, behaglich an die Mehlsäcke gelehnt zu sitzen! Fast fühlte ich mich hier schon zu Hause.

Während ich den warmen Wein schlürfte, den er mir gebracht hatte, musterte mich Michael prüfend.

»Du siehst ganz schön mitgenommen aus«, bemerkte er. »Stefan?«

Ich nickte. »Ihr kennt ihn ja. Nicht gerade jemand, der einen Mord plant, aber ein ganz schön rabiater Bursche. Er hätte mich glatt umgebracht, wenn er gedurft hätte . . .«

»Und sonst?«, fragte Michael, das Gesicht in bekümmerte Falten gelegt. »Hast du Recht behalten mit deinen Vermutungen? Ist sie es wirklich gewesen?«

»Ja, sie war es wirklich.«

Ich erklärte ihm, wie sich das Verbrechen wahrscheinlich abgespielt hatte, und sagte ihm auch, was ich mit Christine ausgehandelt hatte.

»Sie ist auf alles eingegangen«, schloss ich. »Das hätte sie wohl kaum gemacht, wenn sie unschuldig wäre. Übrigens – wie ist eigentlich ihr Mann gestorben?«

»Er lag eines Morgens tot in seinem Bett – stell dir vor, in seinen besten Jahren! Und obwohl er nie kr. . .« Entsetzt unterbrach er sich und riss die Augen auf.

»Du meinst doch nicht etwa . . .?«

Ich hob die Schultern. »Wer will das jemals noch herausbekommen? Zutrauen würde ich es ihr.«

Michael seufzte tief. »Was sagt schon die äußere Schönheit über einen Menschen? Da gleicht eine einem Engel und hat doch ein Herz, verdorben wie ein sechs Wochen alter Hackfleischkuchen. Zwölf

Jahre hab ich in diesem Haus gedient. Vor kurzem hat mir ein Gast, ein reicher Augsburger Patrizier, das Angebot gemacht, bei ihm zu arbeiten. Ich werde es annehmen – jetzt fällt mir der Abschied nicht mehr schwer.«

Er legte eine nachdenkliche Pause ein und fragte dann: »Willst du nicht mitkommen? Als mein Gehilfe? In ein paar Jahren hast du alles gelernt, was ich weiß – und das ist nicht wenig –, und kannst dich selbst als Küchenmeister verdingen.«

Die Verlockung war riesengroß. Nie mehr hungern, keine durchfrorenen Nächte im Freien, keine Minnelieder mehr, nie mehr Hals über Kopf davonstürzen müssen, weil mein sauberer Gefährte wieder einem Burgfräulein den Hintern betatscht hatte . . .

Andererseits sah ich mich Erbsen pulen, Därme putzen, Äpfel schälen, Hühnern die Hälse umdrehen, sah mich schwitzend in gewaltigen Töpfen rühren und vor verfressenen Herrschaften meinen Bückling machen . . .

Und irgendetwas spürte ich in meinen Körpersäften, etwas, das mir die Unruhe in die Glieder trieb und die Sehnsucht nach Wanderschaft und frischer Luft ins Herz.

Bedauernd schüttelte ich den Kopf.

»Nein, Michael, das ist nichts für mich. Aber ich danke Euch für das Angebot.«

»Schade. Und was ist mit Maria?«

Ja, was war mit Maria? Ich musste die Lösung dieser Frage auf den Morgen verschieben, denn plötzlich merkte ich, wie müde ich war, wie entsetzlich müde.

Mitleidig sah der Koch auf mich herunter. »Du musst jetzt ein paar Stunden schlafen. Schließlich hast du heute Nacht allerhand geleistet. Ich wecke dich rechtzeitig auf.«

»Um zwölf muss ich am Marktplatz sein«, gähnte ich. »Vergesst nicht, mir den Schuldbrief zu geben. Schafft Ihr es, mich unbemerkt aus dem Haus zu bringen?«

»Mach dir keine Sorgen«, sagte Michael. Seine Gestalt verschwamm vor meinen Augen und das Letzte, was mir durch den Kopf ging, bevor ich endgültig einschlief, war eine Frage: »Was ist mit Maria?«

Manche Probleme lösen sich von ganz allein. Als ich am Morgen gestärkt und bester Laune erwachte, stand Maria schon da und servierte mir das Frühstück. Sie sah mir schweigend zu, wie ich aß und trank, aber ich merkte wohl, wie sie zappelte und von einem Bein auf das andere trat.

Kaum hatte ich den letzten Bissen hinuntergeschluckt, da hockte sie sich zu mir, küsste mich zaghaft auf die Wange und bat: »Lorenz, du musst mir jetzt sagen, wer Herrn Stenglein ermordet hat. Du hast es versprochen.«

Ich sagte es ihr.

Zuerst war sie sprachlos. Dann sprang sie plötzlich auf, stemmte die Hände in die mageren Hüften und funkelte mich mit Augen an, in denen der blanke Abscheu stand.

»Wie kannst du so etwas Widerwärtiges behaupten?«, fauchte sie.

»Aber wenn es doch die Wahrheit ist?«

»Das ist nicht die Wahrheit! Niemals würde Frau Christine so etwas tun! Du hast dir das alles nur ausgedacht, um deinen fetten Freund zu retten, jetzt weiß ich es! Er hat Herrn Stenglein umgebracht, und alles, was du erzählst, sind nichts als schmutzige Lügen!«

Händeringend versuchte ich es noch einmal. »Maria, du musst mir glauben, ich kann es beweisen!«

»Gar nichts kannst du beweisen! Und wenn du es mir zehnmal beweist, dann stimmt's trotzdem nicht. Sie ist der beste Mensch, den ich kenne. Sie ist so gut, so . . . viel besser als du. Ich will dich nie mehr sehen, verstanden?«

Damit rannte sie hinaus.

Ich starrte ihr mit offenem Mund hinterher. Dass die Wahrheit sie nicht gerade erfreuen würde, damit hatte ich ja gerechnet. Aber dass sie jetzt auf mich wütend war und nicht auf die Mörderin, verstand ich überhaupt nicht. Auf mich, den sie liebte und der sich gerade selbst aus höchster Gefahr gerettet hatte.

Heiliger Laurentius, mein Schutzpatron, kennst du dich mit Mädchen aus? Ich nicht!

Michael, dem ich das Unerhörte wenig später erzählte, versuchte mich zu trösten. »Nimm es dir nicht zu Herzen. Christine ist ihr Vorbild, ihre Lichtgestalt, alles, was sie selbst nur in ihren Träumen ist und in Wirklichkeit niemals sein kann. Und da kommst du und machst aus dem Engel eine Mörderin. Wundert es dich, dass sie das nicht hinnehmen will? Du musst sie verstehen und ihr verzeihen!«

Verzeihen? Vielleicht irgendwann einmal. Verstehen? Nie!

Der Koch übergab mir den Schuldbrief, den ich sorgsam an meinem Oberarm festband, und ein großes Felleisen.

»Was ist das?«, fragte ich erstaunt.

»Etwas Proviant für unterwegs«, sagte er und kniff ein Auge zusammen, »damit du nicht gleich wieder klauen musst!«

Mir wurde richtig warm ums Herz. Ich hatte einen Freund gewonnen, einen wirklichen Freund! Das war mir noch nicht allzu oft passiert, eigentlich noch nie.

Damit er mir meine Rührung nicht anmerkte, schnäuzte ich mich kräftig in den Ärmel und bückte mich dann, um meine Schuhe anzuziehen.

Der Schmerz in meinem Fuß hatte nachgelassen und ich konnte wieder halbwegs normal gehen.

Michael hob mir den Rucksack auf die Schultern, band mir ein riesiges Kopftuch um und drückte mir einen langen Stock in die Hand.

»Niemand wird dich erkennen. Du siehst aus wie eine von den Bäuerinnen, die in die Stadt kommen, um Beeren, Pilze und Gemüse zu verkaufen«, verkündete er grinsend. »Und zwar wie eine besonders hübsche. Pass auf, dass dir kein Mann nachstellt!«

Er schaute vorsichtshalber nach, ob die Luft rein war, dann brachte er mich zur Tür.

Sehnsüchtig blickte ich zurück ins Haus. Von Maria keine Spur.

»Sei nicht traurig«, sagte Michael, »vielleicht ist es ganz gut so. Hier könntest du ja sowieso nicht bleiben und ob die Wanderschaft mit euch zwei fahrenden Gesellen das Richtige für sie wäre – ich weiß es nicht . . .«

Er umarmte mich zum Abschied. »Mach's gut und viel Glück, Lorenz! Wirklich schade, dass du nicht mit mir kommen willst – aus dir wäre bestimmt ein guter Koch geworden, so gescheit, wie du . . .« Er schlug sich mit der Hand vor die Stirn. »Weißt du, was über dem Mord an Peter völlig in Vergessenheit geraten ist? Wer eigentlich zweimal in das Lager eingebrochen ist. Das werden wir jetzt wohl nie erfahren!«

»Ach«, ich winkte lässig mit der Hand, »das möchtet Ihr wissen? Wenn's weiter nichts ist . . . Sebald Wicklein war's natürlich. Er hat sich verraten, neulich, beim Essen. Er hat nämlich gefragt: ›Und was macht Ihr gegen den Gestank?‹, oder so ähnlich, ohne dass irgendjemand vorher was von Gestank gesagt hätte. Er wollte sie auf diese Weise ruinieren. So hätte er das Geschäft billig kaufen können – und sie dazu.«

Michael schüttelte bewundernd den Kopf. »Ich glaub, ich hab es schon mal gesagt: Dir entgeht wirklich nicht viel, was?«

»Nicht viel«, erwiderte ich und hob die Hand. »Lebt wohl, mein Freund!«

Dann machte ich mich auf den Weg zum Marktplatz mit der festen Überzeugung im Herzen, dass Köche doch die liebenswürdigsten Menschen sind, viel liebenswürdiger jedenfalls als Mädchen, auch wenn sie mausbraune Haare und ein Stupsnäschen haben und ein ganz klein wenig schielen.

Ansonsten war ich nicht ganz unzufrieden mit dem Stand der Dinge: Ich besaß ein Felleisen voll gestopft mit nahrhaften Köstlichkeiten und eine ansehnliche Zahl von Goldstücken, deren ursprünglicher Eigentümer sie nicht mehr vermissen würde. Wenn der Rest des Abenteuers auch gut ausging . . .

Ich hatte noch ein wenig Zeit, also schlenderte ich gemütlich durch die Gassen und machte sogar noch einen kleinen Umweg, am Haus von Peter Stenglein vorbei.

Gerade um die Mittagsstunde sah ich dann den prächtigen Kirchturmbrunnen vor mir und nahm erleichtert mein Kopftuch ab.

Wahrhaftig, da standen sie schon, umgeben vom Gewimmel der Stadt, Philipp, unsere treue Stute und daneben ein finster blickender Stefan.

Ich lief auf sie zu und rief mit gewohnter Fröhlichkeit: »Seid mir gegrüßt, meine Lieben! Wie schön, dass ihr pünktlich seid!«

Antwort bekam ich keine.

Philipp stand neben dem Gaul wie ein Häufchen Unglück, die Augen niedergeschlagen, die Hände vor dem Bauch gefaltet. Ich kannte das, so sah er aus, wenn er zerknirscht war, weil er uns wieder mal in große Schwierigkeiten gebracht hatte. Dann war er sogar schweigsam. Leider hielt es nie besonders lange an.

Ich musterte ihn prüfend. Schaden schien er weiter keinen genommen zu haben; seine Bäckchen waren rosig wie eh und je und sein Bauch wölbte sich unter dem Samtrock stattlich wie ein Riesenkürbis. Unserem Aufbruch stand also nichts im Weg.

Ich beeilte mich daher das schwere Felleisen abzunehmen und am Sattelknauf zu befestigen. »Gehen wir?«, fragte ich.

»Gib erst das Dokument her«, herrschte mich Stefan an.

Ich tippte mir viel sagend an die Stirn. »Kommt überhaupt nicht in Frage! Eine halbe Meile außerhalb der Stadt, keinen Schritt vorher!«

Wortlos setzte er sich in Bewegung. Dass er vor Ärger fast platzte, konnte ich daran sehen, wie er beim Gehen die Hinterbacken zusammenkniff. Doch ich ließ mich davon nicht beeindrucken, sondern marschierte neben ihm her. Den Schluss bildete Philipp mit der Stute. Er gab immer noch keinen Mucks von sich.

»Du hast deine Herrin gar nicht mitgebracht?«, erkundigte ich mich scheinheilig bei Stefan. »Will sie sich denn nicht von dem großen Künstler verabschieden, den sie so überaus bewundert?«

»Treib es nicht zu weit, du Hundesohn«, lautete die geknurrte Erwiderung, »sonst vergess ich meine guten Vorsätze! Wir haben jede Menge Ärger und du bist schuld dran!«

Jetzt lief mir doch die Galle über. »Ja, sollen wir uns vielleicht freudig aufhängen lassen, nur damit euch ein bisschen Ärger erspart bleibt, du Schwachkopf? Mit Fug und Recht hätte deine geliebte Christine ihren Kopf verloren, schließlich hat sie einem Mann die Kehle durchgeschnitten! Unser Verbrechen bestand ausschließlich in übergroßer Dummheit.«

Ich deutete mit dem Kopf nach hinten und ergänzte: »In seiner Dummheit.«

Stefan erwiderte nichts mehr, aber seine Blicke bohrten sich wie Speere in meinen mageren Leib. Bei allen Heiligen, wenn sie aus Eisen gewesen wären!

Inzwischen hatten wir das Stadttor erreicht. Stefan zückte einen Passierschein, die Wache ließ uns hinaus.

»Eins hab ich immerhin erreicht«, zischte Stefan, als wir auf der Straße standen, »Nürnberg dürft ihr bei Strafe nicht mehr betreten.«

Ich schaute zurück auf die gewaltigen Mauern und die himmelhohen Türme und zuckte mit den Schultern.

»Ich werd's überleben«, sagte ich.

Schweigend trotteten wir dahin, bis ich glaubte,

dass wir eine halbe Meile zurückgelegt hätten und kein Hinterhalt mehr zu befürchten war. An einer Gabelung der Straße hielt ich an.

»Christine hat ihr Versprechen gehalten, ich halte meins auch«, erklärte ich und rollte den Ärmel hoch. »Gib mir noch ihren Brief, in dem sie uns Frieden verspricht, dann kriegst du das Dokument, das ihr so dringend benötigt.«

Ich bekam den Brief, wickelte das Pergamentblatt vom Arm und reichte es Stefan. Er riss es mir fast aus der Hand und fixierte es mit glühenden Augen. Wort für Wort las er es durch. Dann nickte er und verstaute es schließlich sorgfältig in seinem Gürtel.

»In Ordnung. Und jetzt nimm deinen fetten Minnesänger und geh zum Teufel, du Ratte!«

»Auf Nimmerwiedersehen, du voll geschissener Ziegenarsch«, erwiderte ich freundlich. Höflichkeit gegen Höflichkeit, so hab ich es immer gehalten.

Am Ausdruck in seinen Augen sah ich, dass ich etwas Falsches gesagt haben musste. Ich wollte zurückweichen, doch da hatte er mich schon am Kragen.

»Eine kleine Abreibung zum Abschied könnte dir nicht schaden«, knurrte er.

Was tun? Im Nahkampf war ich dem Bastard nicht gewachsen. Philipp war uns schon hundert Schritte voraus – und genutzt hätte er mir ohnehin nichts.

Ich nahm daher alle Kraft zusammen, riss mich los und rannte davon.

Vielleicht hätte es geklappt, wenn der verdammte Schnitt in meinem Fuß nicht gewesen wäre. Der tat mir nämlich nach drei, vier Sprüngen dermaßen weh, dass ich keinen Schritt mehr weiterkonnte.

Mir blieb also nichts übrig, als schlagartig stehen zu bleiben, mich blitzschnell umzudrehen und meinen übermächtigen Gegner zu erwarten.

Er war wie üblich blind vor Wut und übersah deshalb mein Bein, das ihm im Weg stand. Er machte einen gewaltigen Satz, krachte zu Boden und stieß sich den Kopf an einem großen Kiesel. Zur Abwechslung ging einmal er unfreiwillig schlafen.

Ich hätte ihn jetzt nach Herzenslust verdreschen können, wie er so dalag, hilflos und die Nase voller Staub, ja, ich hätte ihm sogar das Dokument stehlen können. Doch so etwas brachte ich nicht fertig.

Ich begnügte mich damit, ihm den Kopf sorgsam mit ein paar frischen Rossäpfeln einzureiben, die zufällig in der Gegend herumlagen. Das würde seine Haut erfrischen und seinen Haarwuchs stärken.

Er hatte ohnehin schwere Zeiten vor sich, und seine schöne Freundin ebenfalls, sie wussten es nur noch nicht. Ich hatte nämlich Peter Stengleins Mutter eine Abschrift des Schuldbriefs zukommen lassen, die ich vor zwei Nächten angefertigt hatte. Gerechtigkeit muss sein!

Bevor ich weiterging, wischte ich mir die Hände an Stefans Wams sauber. Im Grund war er ein lieber Kerl, ich würde ihn vermissen.

Philipp und die Stute waren inzwischen schon hinter der nächsten Kurve verschwunden. Ich beeilte mich sie einzuholen und mit jedem Schritt wuchs mein Zorn auf den dicken Minnesänger. Wieder einmal hatte er mich sitzen lassen! Warum hatte ich bloß Michaels Angebot nicht angenommen? Warum hatte ich mich nicht mit Maria versöhnt? Ach, wie glücklich könnte ich jetzt sein, ich Rindvieh! Stattdessen . . .

Jetzt hatte ich sie erreicht.

»Du Trottel, du hirnlose Kröte, du eitler Mehlsack, du aufgeblasenes Nichts, du Memme ohne Knochenmark, was hast du uns wieder eingebrockt mit deiner unfassbaren Dummheit?«

Philipp nickte demütig, seine Augen glänzten feucht.

Heiliger Laurentius, du hast ein Wunder getan! Er bereut wirklich!

»Wirst du also in Zukunft gefälligst tun, was ich dir sage?«

Er blieb stehen und wandte mir sein Gesicht zu. Ich wartete.

Endlich warf er schwungvoll die blonden Locken zurück und sagte: *»Du sollst der Safran meiner Seele sein.* Hast du gemerkt, wie rasend begeistert sie alle davon waren? Eins meiner stärksten Lieder, glaube ich. Ich sage dir, das wird ein ganz großer Erfolg.«

Damit schwang er sich auf die Stute und trabte gemächlich davon.

Habe ich mich eigentlich schon vorgestellt?

Mein Name ist Lorenz. Das ist lateinisch und bedeutet so viel wie: Einer, der zu Fuß geht, wenn andere reiten.